目次

装幀：金田一亜弥
装画：松倉香子

泣くほどの恋じゃない

小手鞠るい

潮文庫

泣くほどの恋じゃない

1

とても優しい気持ちから、恋は始まった。

たとえば冬の真昼の陽だまりのような、たとえば雨上がりの道ばたにできた小さな水たまりのような、たとえばその年はじめて吹いた春風のような、あたたかで、清らかで、いい香りのする、優しい気持ちから始まったその恋は、救いようも救われようもなく絶望的な、どうしようもなく残酷な、誰にも止められない激しい渦巻きのようなものへと発展していった。途方もなく長い時間をかけて、ゆるやかに、音もなく。

だから、気づかなかった。気づくことができなかった。優しさと残酷さが境目も輪郭もなく混じり合い、溶け合えば、まるでこの世にたったひとつしかない、かけがえのない恋のように見えてしまうということに。

巡り合ったのは、二十九歳のときだった。

七〇年代の終わり、大阪府下にある教育大学を卒業したあと、わたしは生まれ育った故郷の町へは帰らず、結婚と離婚と転職を経て、京都市郊外の新興住宅地のかたすみに小さな看板を掲げていた小中学生向けの学習塾で、国語と英語と社会科の講師として働いていた。そのかたわら、離婚する少し前から毎年、大阪か京都の教員採用試験を受けては不合格に終わっていた。失望はしていなかった。どうしても学校の先生になりたいという、強い希望は抱いていなかった。塾で教える仕事は楽しかったし、生徒たちは可愛かったし、アットホームな職場も気に入っていた。塾がつぶれない限り、このままずっとここで働きつづけることになっても、かまいはしないと思っていた。

にもかかわらず、教員採用試験を受けていたのは、郷里の両親を納得させるためだった。離婚はしたけれど、こうして一生懸命がんばって生きているから、安心してね。そのうち公立中学校の教員になって、一生ひとりでも生きていけるような足場をかためるつもりだから、と。当時、離婚はまだまだうしろめたい出来事だった。わたしの肩身は決して狭くはなかったけれど、社会は離婚した女に肩身の狭い思いを押しつけたがっていた。

学習塾の名前は「まなびや若葉」といった。まなびやは「学舎」と「学びや」――

「学びなさい」の関西弁——の掛詞《かけことば》。生徒数は、小学生と中学生を合わせて、五十人足らず。塾長曰《いわ》く「うちは少数精鋭の塾やねん」とのことだった。

簡素なプレハブづくりの二階建ての建物の、一階が事務所兼講師の控え室、二階にあるふた部屋が塾の教室として使われていた。お手洗いは、建物の裏手に広がっている草むらのなかに、ぽつん、と打ち捨てられたように立っている掘っ立て小屋。小屋のなかはベニヤ板でふたつに仕切られていて、片方が男子用、片方が女子用。しゃがむと、お尻が壁に当たりそうなほど、狭かった。汲み取り式で、明かりは天井からぶら下がっている裸電球がひとつきり。夏場はそのそばで、まっ黒な蠅《はえ》取り紙が風もないのにゆらゆら揺れていた。

生徒たちのなかには、そのお手洗いに行くのを怖がったり、いやがったりして、ぎりぎりまで我慢している子が多くいた。女の子は、ほとんど全員。わたしも同じで、仕事中、買い物や銀行や郵便局へ行くついでに、必ずどこかで用を足してくるようにしていた。

講師たちのなかには、宿題をしてこなかったり、忘れ物をしたり、授業中に騒いだりしている生徒に対して「肥だめに閉じ込めてやる」「執行猶予はなしや」などと、脅している人もいた。

生徒たちはこれを「便所の刑」と呼んで、恐れをなしていた。「便所の刑五分」「便所の刑十五分」「便所の刑三十分」と、刑は落ち度に比例して重くなっていく。「便所の終身刑」というのもあった。終身刑を言い渡された生徒は授業が終わるまで、教室へはもどってこられない。本当に恐ろしい刑だったろうと思う。行くだけでも、入るだけでも、身の毛がよだつほどなのに、あんなところに長時間、ひとりで閉じ込められたなら、いったいどんな気持ちになるだろう。想像しただけで、大人のわたしでも身が縮まりそうなほど、怖かった。

講師は塾長を含めて男性が四人。女性はわたしのほかに、大学生のアルバイトの講師がひとり、もうひとりは週に二日だけ顔を出す、経理担当の人だった。掘っ立て小屋の壁に取りつけられている水道から水を汲み、事務所の電気ポットで、冬場は石油ストーブの上に置いた薬缶《やかん》でお湯をわかして、講師たちはお茶やインスタントコーヒーを飲んでいた。カップ麺や焼きそばをつくって食べている人もいた。

勤務時間は、午後十二時半から午後九時半まで。

これはいわゆる定時で、仕事が定時で終わることは滅多になかった。学期末試験や受験シーズンが近づいてくると、講師たちは午前中から出勤して、試験対策のプリントや模擬テストなどを作成したり、夜の九時半以降も補習授業に精を出したりした。

生徒の親から頼まれれば、土日や祝日にも働いた。学校の春休み、夏休み、冬休みは、塾にとっても講師たちにとっても稼ぎ時だった。

個人的な補習授業に対して、塾から報酬は支払われなかった。代わりに講師たちは親たちから直接、謝礼を受け取ることができた。謝礼の金額はまちまちで、このことは講師たちの交わす雑談のなかで、よく話題にのぼっていた。あの子の親はこれだけ払った、あそこはたったこれだけやった、あの家は金持ちや、あいつの親はけちやで、などと。

塾で働き始めて三年目の年の暮れ、ひとりの男子生徒から声をかけられた。

「有島《ありしま》先生、うちのお父ちゃんがな、先生にお頼みしたいことがあります、言うてんねん。電話してもかまへんか、いつならええか、たずねてきてくれ言われた」

黒木栄介、中学三年生、塾のなかでもっともレベルの低いCクラスに属している。

「お父さんなの？　お母さんじゃなくて」

母親には保護者面談会で何度か会ったことがあった。父親には一度も会ったことがない。

「うん、お父ちゃん」

くっきりと切れ込んだ二重まぶた、黒目がちで愛くるしいつぶらな瞳、くるんとカールした睫毛《まつげ》。幼い頃にはさぞ、可愛らしかったことだろう。わたしの目には「五月人形のような男の子」と映っている。中三にしては子どもっぽい、とも言えた。朗らかで、感情表現も豊かで、人なつこい性格。ちょっと茶色っぽいさらさらの髪の毛を、マッシュルームみたいな形に切り揃えている。その髪型のせいなのか、生徒たちのあいだでは「ヘルメット」とあだ名を付けられている。

「何曜日の何時がええですか、言うてはった」

「十二時半から四時過ぎまでなら授業がないから、平日なら何時でもいいけど、お父さんもその時間帯はお仕事してはるでしょうから、午後が無理なら、夜の九時半ちょっと過ぎかな」

そう返事をしておいた。

電話は、次の日の午後一時ちょうどにかかってきた。用件はあらかじめわたしの予想していた通り、息子の補習授業をお願いしたいという内容だった。

「学校の進路指導では、商業科への進学をすすめられとるんですけど、私も家内も、どうしても普通科へ進ませたい、倅《せがれ》にはなんとしてでも大学へ行ってもらいたい、そのためにも普通科へと願っておりまして。受験まであと数ヵ月。今からでは遅いでしょうか？　そこをなんとかなりませんやろか、有島先生のお力で、猛烈な特訓をしていただいて。無理を承知の上でお願いしております」

丁寧な口調だった。一語一語に、真情がこもっているのがわかった。

「普通科ですか……それは」

それはかなり難しいですね、と、はっきり言えないまま、わたしは小さなため息をもらしてしまった。難しいのではなくて、今の成績から考えれば、それはほとんど不可能に近い。現時点ではむしろ、商業科に滑らないために補習をおこなうべきだろう。そんなことを思いながら、曖昧な相槌《あいづち》を打っているわたしをよそに、父親は静かな熱をこめて、あくまでも淡々と語った。

「息子はご存じの通り、ちゃらんぽらんで、やる気もなく、本当にぐうたらな、どうしようもない奴なんですが、実は家内が申しますには、なんですか、有島先生の授業だけはまじめに聞いて、宿題も予習復習もまじめにやって、一生懸命がんばっとるようなんですよ。あの年頃の男というのは、好きな女の人ができたら、その人のためにだけは、何があってもがんばろう思うやないですか。先生によく思われたい一心で。ええ格好がしたくて。総じて男はアホですから。私らは、そのアホさに賭けてみたいと、こう思うたんです。ほんまに手前勝手なことばかり申しておりますが」

「はぁ……」

そして父親は、畳みかけるように言った。

「あの、ご無礼を承知で申し上げますが、お金はいくらでもお支払いします。上限はないとお考え下さってけっこうです。どうかよろしゅうお頼み申します。私どもにはもう有島先生しか、お頼りできる人はいてへんのです。どうかひとつ」

受話器を握って頭を下げている姿が目に浮かぶようだった。

「わかりました。お引き受けいたします。実際には、どこまでお力になれるか、まったくわかりませんし、普通科への合格も百パーセントの保証は到底できかねますが、それでもよろしければ」

結局、電話の最後にわたしがそう答えたのは、父親の熱意に負けて、だった。

正確には、熱意のこもった言葉に説得されて、押し切られて。

もっと正直に言えば、その声に魅了されて。

彼の声は、魅力的だった。魅力的に、わたしの耳に響いた。流れ込んできた。話を聞いているあいだじゅう、思っていた。なんて柔らかな声。なんて穏やかな声。なんて知的で、物静かで、あたたかみがあって、滋味に富んでいて、ああ、どんな言葉で言い表しても、決して言い尽くすことのできない、素敵な声。

電話を終え、受話器をそっと置いたあと、胸のなかにひたひたと、優しい気持ちが押し寄せてくるのがわかった。たとえば激しい驟雨《しゅうう》が去ったあと、雨をたっぷりふくんだ森の樹木の枝葉から、地面に落ちてくる無数の雫《しずく》のような、たとえば人知れず野原で群れて咲く、草花の花びらや葉っぱに無数にくっついている水滴のような。無条件でこの人に優しくしたい、優しくされたい、優しくなりたい、優しくありたい、そんなような気持ち。慈愛と言ってもいいかもしれない。左胸に手を当てて、わたしは思った。ここに、優しさがあふれている。とってもいい気持ち。

そのあとも、電話で父親の声を聞くたびに思っていた。胸をふるわせていた。そうなのだ、この声はわたしを、優しい気持ちにさせる声なのだ、と。

それから受験の直前まで、塾の授業の空き時間と土日や祝日、冬休みもフルに活用して、わたしは彼の息子の個人指導に当たった。

ほかの生徒の親から頼まれた補習は断って、すべての時間を黒木栄介のために使った。彼の目指している私立男子校普通科の過去の入試問題を分析し、それに照準を合わせた徹底的な特訓をほどこし、わたしが独自に作成した予想問題プリントや模擬テストに取り組ませた。

両親の目論みは成功した。十六歳の男の子の全身には、わたし――あるいは、女、ということだったのかもしれない――に対する興味と、性欲と、好奇心がはち切れそうなほど漲《みなぎ》っていた。わたしはそれに気づかないふりをして、すべてのエネルギーを受験勉強で発散させるよう、仕向けた。彼はわたしに気に入られ、よく思われたい一心で、人が変わったように勉強に打ち込んだ。学校の成績は、ほとんど垂直の折れ線グラフのように上がり、翌年の春、見事に志望校の普通科に合格した。

塾では「有島凪子《なぎこ》の起こした奇跡」とまで言われた。実際はそうではなかった。もともと、頭のいい子だったのだ。知能指数も高かったに違いない。途中でそのことに気づいて以来「この子は合格できる」と確信していた。合格は、潜在的に彼の持っていた実力の為せる業《わざ》で、わたしはほんの少しだけ手助けをして、それを引き出したに過ぎない。

合格発表から一週間ほど過ぎた、三月の終わり。

「有島先生にお目にかかって、じきじきにお礼を述べさせていただきたい」

父親はそう言って、電話で面会を申し込んできた。

「お礼なんて……どうかお気づかいなく」

やんわりと辞退した。父親はあとへは引かなかった。

「先生は人を困らせる気ですか。会ってもらわないと、家内に叱られます」

塾の近くの国道沿いにあったファミリーレストランで、わたしは父親とはじめて会って、昼食をご馳走になった。一重まぶたの涼しげな目もと。目尻に刻まれた皺。きりっとした表情。声から想像していた雰囲気とは違って、どことはなしに尖った感じのする面差し。息子には、あんまり似ていないんだな。それが第一印象だった。

彼はハンバーグランチを、わたしはあさりのスパゲティを注文した。

テーブルに届けられたハンバーグを見るなり、

「なんやこれは。使い古された、たわしみたいやないか」

と言い放ち、

「先生のあさりは半分、閉じたままやないか。どうもならんな」

ちょっと怒ったようにつぶやいた。わたしの頭の芯を痺れさせ、限りなく優しい気持ちにさせる、あの声で。声と怒りのギャップさえ好もしく感じられた。

「すみません」

咄嗟にわたしは謝った。彼は顔色を変えた。

「先生が謝ることやありません。こちらこそ、申し訳ない。先生に謝らせるようなことをつい言うてしもた。この、どうもならん口。堪忍してやって下さい」

ふたりが会う場所として、この「どうもならん」ファミリーレストランを指定したのは、わたしだった。「もっとどこか、気のきいた店にしませんか？　祇園か、河原町あたりで」と反対した父親に対して「昼過ぎには出勤しないといけませんから、なるべく塾の近くにしていただかないと、困るんです」と、色気も素っ気もなく、わたしは言った。感じのいいお店に連れて行ってもらって、心地好い声を聞いて、いい気分になったりしてはならない。そんな抑制が強く働いていた。なぜならわたしは生徒の指導者であり、この人は生徒の父親なのだから。いや、そうでなくても、相手がどんな人であっても、感じのいい人であっても、想像のなかだけでも、恋愛なんて、もうこりごりだと思っていた。恋愛から発生する関係、そのもつれ、そのからみ合い、すべての物事に疲れ果てていた。離婚の痛手は体のあちこちに、まだ生々しく残っていた。

けれども、わたしの築いた固い石の砦《とりで》は、柔らかい一枚のカーディガンによって、あっけなく崩れ落ちることになる。

カーディガン。

三月とはいえ、風の冷たい肌寒い日だったからだろう、彼はその日、カシミアでできた薄手のカーディガンを着ていた。色はベージュ。茶色のくるみのボタン。裾の方にポケットがふたつ。シンプルなデザインだった。上品で、いかにも高価そうに見えた。カーディガンの下には、襟付きの紺色のポロシャツ。昔はがっちりしていたのだろう。今は少しだけ小太りに見えなくもない大柄な体に、ジャケットではなくてカーディガンが、ワイシャツではなくてポロシャツが、よく似合っていた。

ふわふわっとしたあのカーディガンの胸に、頬を寄せてみたい。ちょっとだけ前に突き出しているあのお腹を、カーディガンの上から触《さわ》ってみたい。絶対にありえないこととして、そんな夢想を抱いていた。何食わぬ顔で、あさりのスパゲティをくるくるとフォークに巻きつけながら。

カーディガンとはつまり、わたしにとって、それに包まれている彼の肉体を意味していたのだと思う。あるいは、その体の内側にひそんでいる、実にさまざまなもの、ということだったのかもしれない。心、気持ち、感情、情熱、熱情、過去、記憶、思い出、意志、欲望、野望、希望、絶望、そして、それらを表す言葉など、実に、さまざまなもの。おそらく、それらがひとつになって、彼の声をつくっているのだろう、その声の構成要素。


食事のあと、彼はわたしを車で塾まで送り届けてくれた。

路肩に寄せられた車から、わたしが降りようとしているそのときに、

「あ、先生、待って下さい。肝心なものをお渡しせんと」

彼は後部座席に手をのばして、書類か何かでぶあつく膨らんでいる鞄のなかから、和紙でできた長方形の封筒をすっと抜き取って、わたしに手渡した。表には、毛筆の美しい達筆で「有島凪子先生江」と記されている。おそらく妻が書いたのだろう。

「こんなんでは到底、少な過ぎると思うてます。けど、私どもの気持ちです。ほんまにささやかですが受け取って下さいますか」

「ありがとうございます」

封筒自体はうすかった。中身はぶあつく、ずっしりと重かった。熨斗《のし》の感触があった。受け取って、バッグに仕舞った直後に、彼はふいにわたしの右手を取った。片方の手で握って、すぐにもう一方の手を添え、両手でしっかりと握った。

手を握ったまま、深々と頭を下げた。

「有島先生、ほんまにこのたびは、ほんまに、おおきにありがとうございました。もう、なんぼお礼を言うても、言い足りない気持ちです」

喉に声を詰まらせながら、彼はじっと、わたしの手を握りしめていた。感極まって思わず握ってしまいました、と言いたげな、四十七歳の男の手のひらには、ほんのわ

ずかではあったけれど、確信犯的な強引さが含まれているような気がした。

その強引さを、わたしは握り返した。

意思、願望、衝動、それらよりももっと強い、もっとしなやかなものが働いていた。なぜか、そうせざるを得ない、というような、切羽詰まった感情。今、この手を摑《つか》まなければ、しっかり摑んでおかなくては、この海に溺れてしまう。そんな思いに駆られて、わたしは彼の手を握りしめていた。左手を添えて、強く。まるで、あなたのこの手をわたしはずっと待っていました、と言いたげに。

運転席と助手席のあいだで、四つの手のひらが重なり合って、ひとつの塊になっていた。

2

声、カーディガン、手のひらの塊。

それだけでは足りなかった。ジグソーパズルの三つの欠片《かけら》をひとつにまとめる、何かが必要だった。地中でふたつに割れた種のなかで息づいている、ひ弱な草の芽が地上に出てゆくためには、人の道に外れるためには、さらなる何かが必要だった。すきまを埋め、寸分の違《たが》いもなく貼り合わせる、したたかな接着剤のような何か。かたい地面を突き破るための、静かな爆発的なエネルギー。

そのような何か。

待っていたわけではない。期待もしていなかった。探そうともしなかったし、求めてもいなかった。むしろ、恐れていた。願わくは、そのような何かを見つけないでいられますように。優しい気持ちを、できることなら発芽させないまま、まぶしい陽の光にあてないまま、地中でそっと葬ってしまいたかった。

道に外れないでいたかった。

なぜなら黒木陽介は、生徒の父親。誰かの夫。

当然のことながら、好きになってはいけない人だとわかっていたし、それ以前に、離婚することになったとき、心に誓っていた。これからは、恋に憂き身をやつしたり、夢を託したりはしない、そういう生き方はするまい、と。けれどもある日ある晩、「そのような何か」は向こうからやってきた。やってきて、わたしを見つけた。わたしは見つけられて、捕《つか》まってしまった。やすやすと。

黒木陽介から法外な謝礼を受け取って数日後、息子が塾を訪ねてきた。大型のスーツケース三個分、いや、五個分ほどはあろうかというような大きな荷物を携えて。

「有島先生、元気で死なんと生きてたか」

「ああ、黒木くん、久しぶりね」

四月のはじめだった。生徒たちにとっては、新学年の新学期を間近に控えた春休み。塾では午前中から夕方まで「春期特別講座」と称するカリキュラムが組まれていた。

夕方六時過ぎだったか。教室では中学部の最後の授業がおこなわれていた。わたしはひとり事務所にいて、テストの採点や残務処理のような仕事をしていた。たまたまその曜日のその時間帯には、わたしの受け持っている授業がなかったから。

しばらくぶりに目にするかつての教え子は、マッシュルームのようだった髪型を変え、短く切り揃えていたせいか、あるいは、周囲の予想を見事に覆して普通科に合格できた自信のせいなのか、体つきや表情から、少年っぽさ、思春期独特の甘さが抜け、それでも「男」と呼ぶにはまだほど遠く、蛹《さなぎ》でも成虫でもない、どこかアンバランスな、危なっかしいような雰囲気を漂わせていた。

「あれからどうしてたの、元気やったの？　もうじき入学式ね。羽を伸ばして、遊んでばっかりいるんでしょ」

立ち上がって声をかけると、彼は、細長い手足を持て余すようなぎこちない足取りでわたしの机のすぐそばまで近づいてきて、

「あのな、きょうはわざわざ先生にこれ、届けに来たんや。はぁしんど」

そう言って、抱え持っている紙包みの表面をぽんぽんと叩いた。

鶯《うぐいす》色の梱包用紙でくるまれ、いかにも頑丈そうな麻紐がきれいに掛けられ、持ち運びのためのプラスティックの取っ手が付けられている。嵩《かさ》張っているわりには、さほど重そうな感じがしない。明らかに、中身は夏布団だと思った。思うと同時に、

「あっ、黒木くん、まさか」

わたしは大きな声を出した。

「まさか、お店の商品、無断で持ち出してきたんと違うやろね」

黒木栄介は唇を尖らせて「もぉ」と言ったあと、早口でつづけた。

「ちゃうちゃう。万引きなんかしてへんよ。先生、アホやなぁ。自分とこの店から万引きしてどないする。これはな、お父ちゃんから頼まれたんや」

「お父さんから」

今度は小さな声で、思わず、そう問い返してしまった。

「うん、お父ちゃんがな、先生に受け取ってもろて下さい、言うて」

「そうなの、お礼ならこのあいだ、じゅうぶん過ぎるほどいただいたし、もうこれ以上、気ぃつかわはること、ないのに……」

ため息をつきながら、そのため息に、かすかな喜びが滲んでいることに気づいていた。

「先生、なんならこれ、僕が先生のアパートまで運んでやろか。大きいし、まあまあ重いで。ひとりで持って帰れるか」

問いかけた瞳に一瞬きらっと、光が宿ったのが見て取れた。そうか、この子は今夜、わたしの住んでいるアパートまで一緒に行ってみたいと思っているのか。どんなところに住んでいるのか、興味があるのだろう。いや、興味があるのは、部屋のなか？

何食わぬ顔で、わたしはその申し出を退けた。

「ありがとう。でも大丈夫。ひとりでちゃんと持って帰れる。お父さんに、くれぐれもよろしく伝えてね」

その夜、自転車は塾に置いたままにし、タクシーで部屋まで持ち帰り、包みを解くと、なかから出てきたのは布団ではなくて、巨大な楕円形のクッションだった。色はアイボリー。縫いつけられている説明書きによると、外布は、帆船の帆に使われているのと同じ布で、中身は羽毛と綿の混合。試しに身を沈めてみると、背中から綿の海に吸い込まれていくような、二度と起き上がりたくなくなるような、心地好さ。体だけが覚えている、揺りかごの記憶を彷彿させるような。

しばらくのあいだ、寝椅子のようなクッションに身を沈めて、ぼーっとしていた。

ファミリーレストランで交わした会話がゆるゆると甦ってくる。わたしの気持ちを優しく溶かす「あの声」が。

黒木陽介は、京都市の東のはずれで先祖代々商いを営んできた「黒木布団店」の次男で、店は長男である兄が継いでおり、

「私と家内は工場の方の仕事をやっとります」

と、問わず語りに教えてくれた。

工場と自宅は塾からさほど遠くない場所にあり、工場では布団のほかに、枕、クッション、座布団といった寝具全般の製造をはじめ、綿の打ち直し、古くなった布団の引き取り、婚礼用や贈答用の布団の特別注文など、

「頼まれたら、なんでもつくります。私も家内も肉体労働者。貧乏暇なしの零細工場ですから」

穏やかな笑顔で語った。

「工場長？　そんなりっぱなモンとは違います。すすけた布団屋の草臥《くたび》れたオヤジですよ」

兄夫婦の子どもは三人とも女の子で、

「男の子はうちの息子だけやしね。ゆくゆくは、あいつが黒木の暖簾《のれん》を継ぐことになるでしょう。せやし、何があっても、大学へ行ってもらいたくて。私も家内も高卒ですし。倅の大学進学は私どもの悲願やったんです」

そう言ったときには、子煩悩《ぼんのう》な父親のまなざしになっていた。

「ところで、有島先生のご趣味は、なんなんですか？　お休みの日はどんなことを」

「趣味ですか、月並みですが、読書、かな。本を読むのが好きなんです。主に小説で

すけど。絨毯の上にごろんと寝転んで、背中が痛くなったら、横向きとか俯《うつぶ》せとかになって、ごろごろごろごろと。雨の日曜なんかは、雨音を聞きながら、朝から晩までごろごろと」

「転がりながら、読書するんですか？　ごろごろと？　背中が痛くなったら、俯せになって」

「はい。黒木さんのご趣味は」

「恥ずかしながら、読書とはまったく縁がないですね。先生みたいなインテリとは違いますんで。本を読む時間があったら、体を動かしている方が性に合ってます」

そのあとに、彼は語った。

趣味はゴルフ。これは、商売仲間とのつきあいにどうしても必要なので始めた。そして、はまり込んでしまった。もとより、スポーツならなんでも好きで、スポーツ観戦も好き。小・中学時代はサッカー部、高校時代はラグビー部に属していた。今も、頼まれれば母校に顔を出して、ラグビー部の指導をしたり、試合のレフリーをつとめたりすることもある。そんな話を聞きながら、思っていた。この、柔らかなカーディガンに包まれている胸は、かたくて、ぶあつそうなこの胸は、ラグビーで鍛えられたものなんだな、と。

そこまで思い出したとき、わたしは弾かれたように、クッションから身を起こした。思いついた。そうだ、お礼状を書こう、お礼の気持ちをこめて手紙を書こう。それくらいしても許されるはずだし、それくらいはするべきじゃないか。

机の上に、手持ちの便箋──平凡な縦書きの便箋。色は白で、罫線《けいせん》は銀色──を広げて、万年筆を握りしめ、手紙を書き始めた。

先日は、誠にありがとうございました。過分な謝礼をいただいただけではなく、昼食までご馳走になり、おまけに今夜は栄介くんから、たいへん素敵な贈り物までいただきました。かさねがさね、ありがとうございます。さきほど、いただいたクッションを実際に使ってみたのですが、その使い心地の素晴らしいことと言ったら──

何度か書き損じをしながら、そんな当たり前なお礼の言葉を書き連ね、最後に「ぜひ機会があればいつかまた、お目にかかりたいと思っております。今度こそ、黒木さんのお気に入りのお店で」というような文章は、結局、書けないまま、二枚の便箋を四つに折り畳んで、限りなく正方形に近い長方形の封筒──色は純白で、なんの模様も付いてない、なんの変哲もないデザイン──に入れて封をしたあと、ふと、反古《ほご》にするためにくしゃくしゃにして丸めて、傍らに除《よ》けてあった紙を広げて、その余白にさらさらと文字を書いてみた。戯れに、深い考えも意味もなく。たとえば、ペンのインクが出るかどうか、試し書きをしているような調子で。

いいですか？

いいですか？

いいですか？

いいですか、いいですか、いいですか――

戯れに、深い考えもなく意味もなく、指と手と腕が勝手に動いて、そう書いていた。その行為には、どんな意志もなかった。感情もなかった。言ってしまえば、無心。ただの成り行きで、ペン習字の練習のように、そこに書かれた文字を見て、わたしは笑った。あなたは小学生？　馬鹿じゃないの？　なんて、阿呆な女。そうとしか言いようがない。

頰に苦笑いが浮かんでいた。その苦笑いが忽然と消えたとき、気づいた。

どうしよう、本当に、好きになってしまった、かもしれない。

じゃなくて、本当に。

気づいて、あわてた。

どうしよう、どうしよう、困ったことになった。

好きになってもいいですか？　とは、書けなかったのに、いや、書かなかったのに、いいですか？　とだけ書いたあと、そう書いたから、書いてしまったから、書いたからこそ、それゆえに、わたしはとうとうあの人を、黒木陽介を、好きになってしまったのだと覚《さと》った。閃《ひらめ》いたと言ってもいい。書かれた言葉は「そのような何か」だった。言葉は接着剤で、言葉は起爆剤だった。言葉が先で、気持ちはあと。言葉が先で、真実はあと。言葉も、あとからやってきたものも、強かった。強くて、軽かった。強いものは、軽いのだと知った。わたしの書いた軽い言葉は、実に軽々と、わたしをさらっていった。

お礼の手紙を出したあと、黒木陽介からの返事はすぐに、まるで打てば響くように、電話で返ってきた。

「善は急げやと思いまして、しがない中年オトコですが、こう見えても、行動を起こすのだけは早いんです」

冗談とも本気ともつかない口調でそう言ったあと、

「今度こそ、ほんまに美味《うま》いモンを一緒に食べに行きましょう。旨《うま》い酒を飲みながら、一緒に人生について語り合いませんか？　どうですか？　わがまま、聞いてやってもらえませんか？　いただいた手紙へのせめてものお礼として」

一気に、畳みかけるようにつづけて、わたしの返事を待っている。すでに返事はイエスだとお互いにわかっている、そんな沈黙があった。膨らみ切ったシャボン玉のような沈黙を破って、わたしが「お礼状へのお礼ですか」とたずねると、彼は笑った。

「その通りです。もらったものには、二倍も、三倍もお返しをするというのが、俺のポリシーでしてね」

彼の行きつけの小料理店や小洒落たレストランで食事をしたり、映画を観に行ったり、バーでお酒を飲んだり、ゴルフの打ちっ放しに同行させてもらったり、そんな逢瀬を何度か重ねたあと、はじめて、琵琶湖の畔《ほとり》に立っているホテルへ行くことになったとき、車のなかで、彼は言った。心細そうに、不安げに。

「ひとつだけ、心配なことがある。あらかじめ、言っておかなあかんことが」

「何」

「ちゃんとできるかどうか、自信があらへん。長いこと、してへんし。エンジン錆びついてしもて、もしかしたら、時間がかかるかもしれん。俺、四十七やしね。四捨五入したら五十やし、若い男とは違うと思うけど、それでもかまへんか」

「かまいません」

「うまいこと、できへんかっても、嫌いにならんといてよ」

「なりません」

「ほんまか？　なら、指切りしよ」

愛おしい会話だった。ますますこの人が好き、ますますこの人が欲しい、と、わたしは思っていた。車のなかで彼と小指をからめているだけで、すでに、胸の先を尖らせ、体の奥を濡らしていた。そんな自分が嫌いじゃないとも思っていた。その夜は、彼から誘われなくても、自分から誘おうと心に決めていた。ホテルへ連れて行って。ホテルが無理なら、わたしの部屋でもいいです、と。

はじめての夜、彼は二度、わたしの体の上で果てた。三度目は、できなかった。したくてたまらないのに、できなくて、くやしがっていた。

「しゃあないな、それなら、凪子ちゃんだけ」

肌を寄せ合い、皮膚を隔ててふたつの胸に宿る、それぞれの真実をまさぐり合った、愛おしい夜だった。

季節は春から初夏に、わたしは有島先生から「凪子ちゃん」に、黒木陽介はお父さんから「黒木さん」に変わり、窓の外に広がる空は真昼から夕暮れへ、夜のとば口へ向かっていこうとしていた。

わたしは裸だった。

彼も裸だった。

五月の終わりだった。

京都駅の八条口付近に立っている、誰でもその名を知っている有名なホテルの一室で、ツインベッドの窓際に置かれた片方にぴたりと寄り添って、わたしたちは、はじめて交わった男女がよくするように、ふたりの出会いの場面や、出会ったときの第一印象や「好きになった瞬間は、いつやったか」について、会話を重ねていた。

その会話は、途切れがちだった。話の途中で、どちらかがどちらかの唇を塞いでしまったり、しゃべれなくなるような行為に及んだりすることによって。

「俺はなんと言うても、あの手紙やな」

唇を離すと、彼は言った。好きになった決め手は、手紙だったと。

「あの手紙って、お礼状のこと」

「そうや、凪子ちゃんからもろた手紙は、あれだけやろ。あの手紙に参ってしまいました」

「どこが、どんなふうに？　大したことは書いてなかったはずだけど」

「そや、大したことは書かれてへんかったな。そこがよかったんや。まあ、なんと言いますか、素っ気ない文面に、そこはかとなく漂っている女心というか、恋心というか」

「見破られた？　まんまと」

「はい、まんまと。見破らせていただきました」

くすくす笑いがからみ合い「やめて、くすぐったい」とわたしは言い「やめへんよ」と彼が言い、それからまたしばらくのあいだ、無言で互いの体に触れ合い、優しくまさぐり、激しくまさぐられ、汗をかき、ため息をつき、それらがひと区切りついたあと、わたしは彼に話して聞かせた。

「わたしの場合にはね、黒木さんの声でしょ、カシミアのカーディガンでしょ、車のなかで手を握ってくれたこと。それと」

「それと」

いいですか？

と、書き損じの紙に書いたあと、書いてはじめて、もしかしたら書いているうちに「本当に、好きになってしまった」のだと、一生懸命、説明した。あの夜、わたしが感じていたこと——言葉が先で真実はあと——を、この人と今ここで、分かち合いたいという切実な思いがあった。もしかしたらわたしは、十代の女の子のように「好きになってもいいですか？」と黒木さんへの手紙に書きたかったのかもしれないね。わたしは説明の最後をそう締めくくった。

「ふぅん、なんや、わかったような、わからんような話やな。いやはや、俺にはまったくわかりませんな。俺は凪子ちゃんみたいなインテリさんとは違うからね」

彼はそう言って、笑った。嬉しそうに、楽しそうに、乱れて縺《もつ》れているわたしの髪の毛を、指先で糸を縒《よ》るようにして撫でながら、

「ほんまに面白いこと、言う子やな、凪子ちゃんは可愛いなぁ。いっそ目のなかに入れてしまいたい」

と、自分が大事にしているものを、やっとのことで手に入れた宝物を、一心に愛《め》でるかのように。

凪子ちゃんは、可愛いなぁ、と、くり返し、ため息まじりにつぶやいたあと、黒木陽介は体の向きを変え、腕枕は外さないまま、天井の方を見つめて、さらりと言った。

「それは、嘘も方便ということかな。いや、嘘から出た実《まこと》ということかもしれんな。凪子ちゃんの方がよう知ってるやろ。国語の先生なんやから。な、可愛い可愛いインテリさん」

彼によれば、わたしは「インテリさん」で、自身は「叩き上げの商売人」だった。

「嘘から出た実……」

その言葉を反芻《はんすう》しながら、虚を衝《つ》かれると同時に、深く納得もしていた。腑に落ちたと思った。この恋は「言葉という嘘から生まれた真実」なのだ。そうに違いない。

「はぁ、それにしても、生きててよかった。得したなぁ、俺。こんなことって、ほんまにあるんやねぇ」

「こんなことって、どんなこと」

「好きな人と思う存分いちゃついて、好きなだけ、やらしいことをすること。そういうことを思う存分したいと思える人に巡り合えること」

「わたしも、生きててよかった。こうして黒木さんに巡り合うために、生まれてきたような気がする」

言いながら、この言葉もまた、嘘から生まれた真実なのだろうか、などと思っていた。彼は、どう思っていたのだろうか。歯の浮くようなわたしの「真実」を。

「あ、もうこんな時間」

ベッドサイドに置かれた黒木陽介の腕時計は、午後十一時を五分ほど回っていた。

チェックインしたのは昼過ぎだったから、かれこれ十一時間ほど、裸のままベッドのなかで過ごしたことになる。ルームサービスで取ったフルーツの盛り合わせとサンドウィッチも、ベッドに腰かけて食べた。そのときだけ、わたしはバスローブを羽織っていた。彼は裸のまま。

　交わったり、触れ合ったり、その合間に下らない会話をしたり。それ以外に、わたしたちには、したいことが何もなかった。つづけていろ、と言われたなら、三日でも五日でも十日でも、つづけていることができそうだった。

　わたしはサイドテーブルに手を伸ばして、彼の腕時計を取り上げると、わざと明るい笑顔をつくって言った。

「そろそろ仕度しないと」

「そやな……そろそろやな、名残惜しいけどな」

「先にシャワー浴びてきたら」

「うん、そうさしてもらう。ごめんな。堪忍やで、凪子ちゃん。朝まで一緒にいたい、ここで一緒に泊まりたいのは山々なんやけど」

「謝らないで。大丈夫よ、わたしのことなら、気にしないで。わたし、ここの朝食メニュー、すごく気に入ってるの」

「それをひとりで食べさせるなんて、むごいことさせるなぁ、俺は」

「心のなかには黒木さんがいるから、ふたりで食べるの」

「優しいんやな」

「優しくはないと思うけど、約束やもの」


はじめてふたりでホテルに行くことになった夜、黒木陽介は言ったのだった。「うまくできなくても嫌いになりません」と、指切りしたあとに、

「実は約束して欲しいことは、もうひとつあってな」

約束は、ひとつではなかった。

「いっぺんだけ、とか、今夜限りで、とか、そういうのは俺はお断りなんやけど、それも約束してくれますか」

甘やかな約束のあとに、彼はもっとしっかりと約束して欲しいこと、おそらく優先順位の二番と一番に来る約束を付け加えた。

どんなに遅くなっても、一緒に泊まることはできない、ということ。

どんなに好きになっても、妻と離婚することはできない、ということ。

人を無条件で優しい気持ちにさせてしまう声で、彼はまっすぐ前を向いたまま、言

い渡したのだった。

「店と自宅と家族。天と地が引っくり返っても、何があってもこれらは壊されへんし、捨てられへんし、守らなあかん。それでもかまへんのか？　それを承知の上で、俺と本気でつきおうてもええと、ほんまに思うてるのか」

黒木陽介の家族。妻と息子のほかに、介護を要する妻の両親、そして、息子の下に、まだ年端もいかぬ女の子がひとり。

「こんな男でも、ええのんか」

いいです、とわたしは言った。言い切った。

本当に、いいと思っています。覚悟はできています、約束します、なんなら指切りをもう一度しましょうか、と。わたしには離婚歴もあるし、結婚にはもはや、夢も興味も抱いていないし、仕事を持った自立した女だから、あなたに依存して迷惑をかけることもない。わたしはただ、好きな人と一緒に、楽しい時間を過ごしたいだけ。ただ、それだけの気持ちなんです。

思っていたのだろうか、わたしは、本当に、そんなことを。

たぶん、思っていなかったはずだ、そんなことは。

あのときのわたしの言葉は、まっ赤な嘘だったと思う。しかし同時に、それは清廉潔白な実《まこと》でもあったのだと思う。「好きです。それだけなんです」と、懸命に言葉を重ね、重ねれば重ねるほど、言葉はわたしの心から遠ざかってゆき、それなのに、遠ざかるにつれて真実味が増してゆき、まるで真実そのもののようになって、存在してしまう。そんな恐ろしい力のようなものを感じていた。漠然と、だが、決定的に。そうして今は、この力に、身を任せていよう、と。

なんて饒舌《じようぜつ》な嘘と、なんて寡黙《かもく》で不格好な実。

嘘をついてはじめて露呈し、確固たるものとなる真実。

彼を好きでいる限り、わたしはいつもそのような嘘と実に、優しい嘘と残酷な現実に、引き裂かれていなくてはならない。けれど、引き裂かれることによってのみ、もたらされる、たとえようもない快感。あますところなく与えられる、中毒性のある悦楽。

今夜もその余韻を味わいながら、バスルームで黒木陽介がシャワーを浴びている豪快な水音を聞くともなく聞きながら、特に何かを眺めるということもなく、部屋のなかに視線を彷徨《さまよ》わせているうちに、窓辺のソファーの上に、茶色の鞄とともに置かれているカーディガンに目が留まった。

五月とはいえ、京都の朝夕はまだ冷え込む季節だから、彼はそのカーディガンを持参してきていたのだろう。今までずっと気がつかなかった。ファミリーレストランで、息子の合格を喜び合い、他愛ない世間話を積み重ねていたとき、妙に心を惹かれていた、あのカーディガン。

わたしはベッドから抜け出し、裸足でソファーまで歩いて行ってそれを手に取り、ふたたびベッドの上に寝転んで、両手でぎゅっと抱きしめた。なぜ、そんなことをしたのか、なぜ、こんなことをするのか、そこには明確な理由などなかった。

いいですか？　好きになっても。

好きになっても、いいですか？

あったとしたら、そのような何か。

さらに強く、簡単には解《ほど》けないように、黒木陽介にこの身を縛りつける、透明な麻紐のような言葉。

好きになってもいいですか？

つぶやきながら、わたしは裸の胸の上にカーディガンを掛けた。柔らかな毛糸を手のひらで撫でながら、まぶたを閉じた。このカーディガンに顔を埋め、彼の体臭や、汗の匂いや、それらが入り混じった、甘くて息苦しい恋のエッセンスをまき散らしているような香りを吸い込んで、うっとりしている女の姿が目に浮かんだ。彼に頼んでこのカーディガンをもらい、身に着けたり、膝の上に置いたり、あるいは、大きなバッグに入れて持ち歩いたりして、常に彼の存在を身近に感じようとしている、いじらしい女の姿も見えた。悲しみのあまり、そこに顔を埋めて号泣する女と、苛立ちのあまり、怒りのあまり、憎しみのあまり、裁ち鋏《たちばさみ》でずたずたに切り裂く女はまだ、見えてこなかった。

3

人の目にどんなに滑稽に映っても、ときには激しく非難されても、みっともないと馬鹿にされても、これだけは守りたい、守り抜きたい、たとえ世間にぶざまな格好を晒《さら》してでも。そう思えるものを、たったひとつだけ、抱えていること。

後生大事に、抱えつづけてゆくこと。

「それが、俺にとっての理想の人生かな」

ふたりとも裸で、まるで貼り合わされた二枚の紙のようにぴたりと寄り添って過ごしているとき、黒木陽介はよく、理想の人生について語った。

「守りたいものはひとつ、なの」

「そや、ひとつや。たったひとつでええねん」

守り抜きたい「人」と、彼は一度も言わなかった。たとえばそのとき両腕で、わたしの体をきつく抱きしめていても。

「その、たったひとつのものって、なんなの」

たずねても、彼はただ微笑むだけで、教えてはくれなかった。

「離さへんよ。凪子ちゃんがもういやや、別れたい言うても、俺は絶対に別れてやらへんから」

甘やかな声でささやきながら、幼子のようにわたしの胸の谷間に顔を押しつけているときでも。


六月から七月にかけて、わたしたちは濃く短い逢瀬を重ねた。

だいたい週に一度か二度の頻度で。

どこかで食事をして話だけして、最後に次に会う日を決め、指切りをして別れることもあったし、飲み食いはしないでまっすぐホテルへ行き、ひたすら体だけで会話を交わしたあと、黒木陽介は泊まらず、わたしだけがそこに泊まることもあったし、国道沿いで派手なネオンサインを点滅させているホテルのベッドの上で、あわただしく抱き合うこともあった。

欲望を使い果たしたあと、汗ばんだふたつの体をくっつけて、一枚のシーツにくるまったまま、窓の外に広がる暗闇のなか、音もなく降りしきる破線のような小雨を眺

めながら、

「いつまでつづくんやろな」

彼が言い、

「もうじき終わるでしょ」

梅雨の季節のことを言っているのだと勘違いして答えると、

「そんなんいやや。終わらせへんよ、俺は絶対」

泣きそうな声で、彼が言う。そのあとに、わたしの好きな、柔らかな綿のような声がつづく。甘い甘い砂糖のような、わたしの体を蛞蝓《なめくじ》のようにぐにゃぐにゃにしてしまう、塩のような声。

「……せやけど、いつか必ず、凪子ちゃんは俺を捨てるんやろうな。わかってる。俺が捨てられることになるということくらい、承知してるし、覚悟してる」

今度はわたしが怒ったように言う。

「捨てないよ。わたしは絶対に捨てたりしないから」

「捨てる人に限ってそう言う。絶対にってな」

「黒木さんもさっき言った。絶対いややって」

そんな会話を幾度も交わした。

「絶対」「絶対」「絶対」と、競い合うように言い合った。

そんな夜をいくつもいくつも過ごした。

わたしの仕事は日曜日を除く六日間、午後十二時半から九時半までがいわゆる定時だったので、彼と会う日には自転車でいったんアパートに帰って、彼が車で迎えに来てくれるのを待った。そうして夜中の十二時前後に、彼の車で送られて、またアパートに帰ってくる。すみずみまで気持ちよく疲れ切った体と、土砂降りの雨に打たれて泥が跳ね上がったような心を抱えて。

曲がり角の少し手前の路肩――わたしのアパートはそこからは見えないけれど、入り口まで歩いてほんの十数歩のところ――に寄せて停められた車のなかで、

「黒木さん、ありがとう。とっても楽しかった。なんだか名残惜しいな。二時間なんて、あっというまよね」

「ほんまにな、凪子ちゃんといると、二時間が五分で経ってしまう。ほんまに名残惜しいなぁ、せつないなぁ」

「じゃあ次は金曜日に」

「十時にまたここに来て、ここに車停めて待ってるしな。忘れんといてな」

「忘れるわけ、ないじゃないの」

どちらからともなく手を握り合い、握りしめ、頬を寄せ合って、別れを惜しんだ。毎回二時間。単純に計算すれば、一週間に四時間。一ヵ月に十六時間。三ヵ月で四十八時間。一年で百九十二時間になる。長いのか短いのか、わからないような時の積み重ねのなかで、肌を合わせ、吐息をため息を交わらせながら、わたしたちは少しずつ、秒針が進んでゆくように、互いの人生のなかに分け入っていった。

黒木陽介には、五人の扶養家族がいた。

更年期を迎えて病気がちな妻。「あちこちガタが来てんのやろ」。脳卒中で倒れて以来、自宅で寝たきりになっている妻の父親。「風呂に入れるのと、お襁褓《むつ》を替えるのは、俺のおつとめや。修行みたいなもんやな」。認知症の症状が見え隠れし始めた妻の母親。「なんでか知らんけど、いっつも誰かに財布盗まれた言うてる」。かつてわたしの教え子だった、ひとり息子の栄介。その下に「遠縁にあたる親戚から引き取って、うちで育ててる」という、三つになったばかりの養女。

「まぁそんなわけでな、うちには病気持ちの人間が五人、いるようなもんなんや。毎日が仕事と育児と介護で過ぎていく。年寄りふたりと三つの子にご飯食べさして、風呂にも入れてやり、お襁褓も替えてやってな、その合間に、病気の息子を怒鳴りつけ、カミサンのヒステリーにもつきあわなあかんし、家のなかは朝から晩まで戦闘状態や」

至って明るい口調で、彼は自分の家族について語って聞かせた。みずから進んで、ではない。もっと詳しく教えて欲しい、と、わたしの方からたずねた。五度目だったか六度目だったたか、結ばれるのはこれで何度目なのか、数えるのをやめた頃。チェックインしたばかりのホテルのベッドの上に、まだ洋服を着たまま、並んで腰かけているときだった。

「えっ、栄介くんも病気なの？　知らなかった。どこが悪いの」

驚いて、真顔で問い返すと、

「あいつはな、青い春の伝染病にかかってる。たちの悪い病気や。麻疹《はしか》みたいなモンかな。高い熱を出して、下半身の具合がどうもこうもならんようや。ほら、こんなふうにな」

そう言って、素早くわたしの手を取り、自分の股間へと導いていく。

「なぁんだ、もう。困った病気」

くすくす笑いながら、わたしはそれを握りしめ、笑みを滲ませた声で訊いた。

「妹さんは？　娘さんも、どこかお悪いの」

ジョークが返ってくると思っていたのに、彼はちょっとだけ目を細めて、至極真面目な表情で、独り言をつぶやくように言った。

「うん、あの子はな、親にもきょうだいにも似ても似つかん、天使みたいな子や。あんな可愛《かい》らしい子、世界中、探しても、どこにもおらんやろな」

そのあとに、透明な小石がぽつんと一個、

「特別な子なんや」

ポケットのなかから取り出されて、わたしの目の前に置かれた。そんな気配を感じた。

「まだ、ひと言も話せへん」

何も答えないでいると、今度は、ふたりのあいだに落ちていた木の枝がそっと拾われ、差し出されるような気配があった。

「ほかの子に比べると、心も体もゆっくり育つ、と言えばええのかな。まわりのモンはそのゆったりとした流れというか、その子だけに与えられた特別な光というか、そういうものを信じて見守り、じっと辛抱強く待っていてやらなあかんのやな」

言い終えた直後に、彼はかすかに湿った唇でわたしの言葉を封じてしまい、そのまわたしの体をベッドの上に押し倒し、覆いかぶさってきた。

「ああ、家族の話はこれでお仕舞いや。さ、これからふたりでもっと気持ちようなることしような。何もかも忘れて、極楽へ行こう。忘れさしてくれるか、凪子ちゃん」

忘れたかったのか、彼はほんのつかのま、大切な家族のことを。誰がなんと言っても、誰からなんと言われようと、守り抜きたい、たったひとつのものを。

やがて、激しい時間が始まる。

わたしたちは貪《むさぼ》り食らうような口づけをし、いらいらした手つきで洋服を脱がせ合い、下着を毟《むし》り取り、それからはひたすら無言で、互いの体に互いの存在を書き写すかのような行為に没頭する。それから、

「もうええか」

「ううん、まだ。まだよ」

「もう」

「いいよ」

まるで隠れんぼをしているような声をかけ合って、ふたり同時に果てる。

「ああ、よかった、今回もうまいこと行って、よかったなぁ」

終わったあと、彼は「喉渇いてるやろ」と言いながら、冷蔵庫から冷たい飲み物を持ってきてくれたり「きれいにしてあげような」と言って、バスタオルでわたしの体

を拭いてくれたり、実に甲斐甲斐《かいがい》しく、世話を焼いてくれた。それは彼の優しさだったのか、それとも習い性のようなものだったのか。たぶんその両方だったのだろう。

「たゆたう時間」と、わたしはひそかに名づけていた。

その直前にもたらされる、嵐のように激しい時間と同じくらい、わたしはこの、たゆたう時間が好きだった。たとえば、凪《な》いだ海辺に打ち寄せるさざ波のように、たとえば、窓を閉め切った部屋のなかから、ガラス越しに眺めている無数の木の葉の揺れのように、それはさやさやと、さわさわと流れていく。

そんな時間のなかで交わされる、ふたりの会話が好きだった。

「なぁ、凪子ちゃん。後生大事って、どういう意味か知ってるか」

「ものすごく大切にするってことでしょ」

「それはそうなんやけど、語源はどういうことか」

「語源？　知らない。教えて」

ある日、たゆたう時間を過ごしている最中《さなか》に、彼は教えてくれた。

後生大事の語源とは、来世の浄福をもっとも大切なものであると考え、現世での信心を忘れないことである、と。

「せやし、これからも一生懸命、ふたりでせっせと積み重ねような。現世での信心を」

言いながら、左手をわたしの胸の先端に、右手を体の奥にのばしてくる。払いのけながらも、わたしは嬉しそうな声を出してしまう。

「つまり後生大事って、こういう意味だったのね」

「そうや、凪子ちゃんとこうやってな、エッチなことをすればするほど、来世で、俺らは浮かばれるねん」

「なんて都合のいい解釈なんでしょう。お釈迦様も失笑してはるわ」

汗と体液にまみれた体をふたたび寄せ合って、わたしたちは、笑い合った。二本のすすきが仲良く寄り添って、葉と穂を触れ合わせながら、揺れているように。

風に、揺れているように。

風に。

風――

そうだった、彼の連れてくる風がわたしは好きだった。

父親として、夫として、男として背負うべきずっしりと重い荷物を、彼はどこか飄々《ひょうひょう》と、まるで風でもそよがせるかのように、両肩のあたりに侍《はべ》らせていた。

その昔、ラグビー部で「しごき倒されて、こんなになったんや」という、かたい筋肉質の頑丈な肉体と同じくらい、わたしは、彼がその背後にふわふわと漂わせている、なま温かい、柔らかな風のような何かに心を惹かれていた。何か、風のようなもの。もしかしたら風は、影と言い替えてもよかったのかもしれない。実際のところそれは不穏で、不安定で、危険な黒雲を孕《はら》んだ存在だったのだから。

好きになった人に、たまたま家庭があったのではない。言ってしまえば、そういう家庭を、背景を、家族愛を、後生大事に抱えている人だったからこそ、好きになってしまった。

確信犯だったのだ、わたしは。

だから、彼と交わっているまっさいちゅうに、わたしはよく薄闇のなかでわざと目を見開いて、ホテルの天井からひと組の男女を見下ろしているまなざし――わたしの想像上の神の視線――に向かって、挑みかかるように宣言したものだった。

神様、わかっています、覚悟しています。

わたしはとても悪いことをしています。

でも逃げも隠れもしませんから、好きにして下さい。

好きに罰して下さい。

七月の半ばから八月の終わりにかけて、しかし神様はわたしたちに、第二の蜜月と呼んでもいいような甘い時間をもたらしてくれた。

長い夜が与えられた。

真夏の夜の濃い夢。

まなびや若葉の夏期講習が始まって、わたしの勤務時間は朝の九時から夕方の五時半までとなったのだった。

時間割を見せながらそのことを知らせると、黒木陽介は、

「わぁ、それは楽しみやなぁ」

と、まるで遠足の日取りを教わった子どものように喜んだ。

「それやったら六時に迎えに行く。そのあとは六時間も一緒にいられるやんか。ああどないしょう、幸せ過ぎて、ばちが当たるかもしれん。どっかへ遠出するか？　凪子ちゃん、どっか行きたいところ、あるか」

息を弾ませて言った彼に、わたしはさり気ないふうを装って誘った。

「よかったら、わたしの部屋に来ない？　下手だけど、何かつくるから。一緒に晩ごはん、食べない？」

さり気ないふうを装ってはいたものの、それはわたしの切実な望みだった。

車で迎えに来てもらい、ホテルに行ってあたふたと洋服を脱ぎ、時間に追い立てられて交わって、脱いだばかりの洋服をまた身に着けて、車で送られて帰ってくる。そうした一連の流れに、二時間というあわただしい情事に、わたしは倦《う》んでいた。もっと落ち着いた場所で、もっと安定した時間を過ごす。どこかへ行くのではなくて、ふたりの場所にふたりで帰ってくる、そんな関係に踏み込んでいきたかった。

「やっぱり駄目かしら」

断られるかもしれない、と、思っていた。

なぜなら、それまでにも何度か、夜の十時にアパートまで迎えに来てくれた車のなかで「ホテルじゃなくて、わたしの部屋でもかまわないんだけど」と誘ってみたとき、やんわりと、あるときにはきっぱりと、辞退されていたから。

——あかんあかん。こんなオヤジが、ひとり暮らしの女の子の部屋に上がり込むことはできへん。

——どんなに親しくなっても、けじめだけは付けなあかんと思うねん。親しき仲にも礼儀あり、かな。古い人間なんかな、こんなこと思うなんて。

——俺はどう思われてもかまへんけど、凪子ちゃんが人からどう見られるか。京都はな、ほかの町とは違《ちご》うて、人の目いうのは、けっこううるさいんよ。アパートの大家に知れたら、住みづらくなるかもしれへんやろ。

それは、彼のわたしに対する思いやりであると同時に、彼の保身だったのかもしれない。彼の気づかいを嬉しく思うこともあったし、彼の置きたがっている距離を感じて、寂しく思うこともあった。

けれどもその日、予想に反して、彼は無邪気な喜びを露《あらわ》にした。

「ほんまにええのんか？　それならお言葉に甘えて、お邪魔しようかな」

彼にもなんらかの心境の変化があったのだろうか。もっと落ち着いた関係に踏み込んでいきたいと、彼も願っていたのだろうか。

週に一度か二度、その頻度は変わらなかったけれど、二時間ではなくて、六時間の逢瀬が始まった。時間が三倍に延びて、幸せの密度も快楽の深度も三倍になった。いや、六倍にも、九倍にも、それ以上にも。

黒木陽介が部屋を訪ねてくる日には、前々から考えてあった献立に合わせて、その前日に抜かりなく買い物を済ませておき、仕事から帰ってくると、わたしはいそいそと、喜々として、食卓をととのえた。得意でも上手でもない料理に、懸命に心を傾けて勤《いそ》しんだ。料理書を買い求めて、手の込んだ難しい料理に挑戦してみたり、郷里の母にふだんは滅多にかけない電話をかけて、母から教わったおふくろの味を再現してみたりした。

干瓢《かんぴょう》、干し椎茸、人参を甘辛く煮つけたものを細かく刻み、ちりめんじゃこと一緒に、寿司飯に交ぜ込み、それとは別に、錦糸卵、焼き穴子の細切れ、高野豆腐、茹でて千切りにした絹さや、紅生姜を小皿に用意しておき、お皿によそった寿司飯の上に、好みの具をふりかけて食べる、母の「ばら寿司」は、彼にいたく気に入られた。

「美味しい、美味しい、絶品や。こんな美味しい寿司、今までに食べたことない」

そう言って、何度もおかわりをしてくれた。

またある夜は、子どもの頃に大好きだったお好み焼きをつくってみた。これも母の得意料理のひとつだった。母のやり方は、ふっくらとした生地のなかに、キャベツも葱も竹輪も白滝も、何もかもをみじん切りにして交ぜ込み、フライパンでホットケーキを焼くようにして、小さなお好み焼きを何枚も何枚も焼く、というものだった。

食卓に座って待っている彼のお皿の上に、わたしは次々に焼き立ての小さなお好み焼きをのせていく。

「凪子ちゃんはいつ食べるん？　俺ばっかり食べさしてもろて」

「いいの。熱々なのを食べて欲しいから」

額に汗を滲ませて、ふぅふぅ吹きながら、彼がお好み焼きを食べている姿を見ているだけで、わたしはしみじみと嬉しい。

「もう何枚くらい食べた」

「ええっと、何枚やろ。九枚は、行ったん違うかな」

「あともう一枚、食べる」

「ううん、もう腹いっぱい。あとで甘い甘いデザートも食べなあかんし、これくらいにしとこかな」

なんてつつましやかな、なんて健気な、なんてみみっちい喜びなんだろう。それでもわたしには今「わたしは世界一、幸せな女だ」と思えるのだった。

食事が終わると、彼はお風呂に入り、彼がお風呂に入っているあいだに、わたしは部屋に布団を敷き、敷いてからわたしも追いかけるようにお風呂に入って、狭いスペースで互いの背中を流し合い、ふたり一緒に出てきたあとは、そのまま布団の上に寝っ転がって「甘い甘いデザートタイム」が始まる。

「ああ極楽、極楽。ええのかな、俺、こんなに幸せで。どないしよう、夏が終わるんが怖い。祭りのあとが怖い。この夏が終わったら、あとにはもうペンペン草の一本も生えてないんと違うやろか」

彼は幾度も幾度もつぶやいた。夏が終わるのが怖いと。

「夏が終わったら、秋のお花が咲くと思うけど」

答えながらも、わたしも怖かった。

彼以上に、怖かった。こんなにも幸せで、こんなにも甘く激しく、こんなにも楽しい時間を過ごしたあとには、いったいどんなに恐ろしい、どんなに寒々しい季節がやってくるのだろうかと思うと。極楽のあとには、地獄しかないのではないかと。登り詰めたなら、あとは転落しかないのではないかと。


めくるめくような夏が終わり、わたしの仕事は午後九時半までとなり、わたしたちにまた「二時間ぽっきりの逢瀬」がもどってきたとき、黒木陽介は提案した。

「あのな、凪子ちゃん、ひとつ、お願いがあるねん」

彼は極楽をふたりの手もとに留めておきたいがために、苦肉の策を考え出した。

「これからは午前中に、寄せてもろてもええやろか」

彼は通常、朝八時に車で自宅を出て二十分ほどのところにある布団工場へ向かい、八時半から昼過ぎまでは工場にいて、従業員の監督をしたり、種々雑多な事務を執ったり、ときにはみずから手作業に従事したりしているという。午後はそのまま工場にいて来客に会ったり、車で営業や納品に出かけたり、さまざまな会合に出席したり、接待を受けたり、接待をしたりしている。それらの仕事をすべて「午後にぎゅっと凝縮してしまおうと思う」と彼は言った。

「家を出るのをもっと早うにすれば、朝の七時にはここに来られる。それから凪子ちゃんが仕事に出かけるまでの十二時ぎりぎりまでいさせて」

提案はそれだけではなかった。

「平日は、一日おきくらいに来てもかまへんやろか」

「わたしはいいけど、黒木さんはいいの」

「笑ってくれてもかまへんけど、俺、もう、週に二日なんか耐えられへん。毎日でも、凪子ちゃんの顔が見たい」

こうして、わたしたちの秋――午前中、四時間の情事の日々――が始まった。秋の花は咲いた。朝に。

彼は早朝、わたしがまだ布団のなかにいるとき、外の匂いのする体でわたしの隣に潜り込んでくる。

「おはよう、可愛いインテリさん、お目覚めはいかがかな」

そのまま抱き合って、わたしは眠い目をこすりながら、それでも彼に乞われて男女の行為に及んでしまう朝もあれば、彼は上半身裸のまま、わたしは素肌に彼の着ていたポロシャツを羽織った姿で、ふたり一緒に手間暇かけて遅い朝食をつくり、時間をかけて食べることもあったし、朝食のあとお風呂に入ってから、改めていちゃつき合うこともあった。朝まだき、目覚めると、わたしが買って用意しておいたパジャマに着替えて、まるで前の晩からここで眠っていましたと言いたげに、彼がわたしの隣ですぅすぅ寝息を立てていることもあった。四時間という限られた時間のあいだに、わたしたちは情事と生活を、情熱と安定を、恋人たちのあいだに流れる時間と夫婦のあいだに流れる時間の両方を凝縮して、詰め込もうとしていた。

「きょうは俺が朝飯をこしらえてやるから。凪子ちゃんはまだ寝てたらええよ。仕事で疲れてるやろ、可哀想に」

そう言って、パジャマ姿のままキッチンに立ち、焼き魚、大根おろし、春菊のおひたし、わかめと豆腐の味噌汁、厚焼き卵など、和風の朝食を手際よくつくってくれる朝もあった。

わたしはわたしで早起きをして、朝から揚げたてのコロッケをつくってみたり、アメリカンマフィンを焼いてみたり。シーツにくるまったまま、シャンパンを飲みながら「裸でブランチ」をすることもあった。何もかもが楽しかった。一分一秒に愛が満ちていた。

そんなある朝のこと、朝の仮眠、朝食、朝風呂、朝の情事――ふたりの後生大事――をすべて済ませて、互いに互いの仕事に出かける身支度を始めようとしていたときだった。

「凪子ちゃんに、受け取ってもらいたいモンがある。これなんやけど」

彼は、そのへんに投げ出してあった鞄のなかから一通の封筒を取り出して、わたしに手渡そうとした。縦長でちょっと大きめの茶封筒の下に、布団工場の社印が押されている。

「なぁに」

受け取って問いかけながらも、なかには明らかにお金が入っているとわかってしまった。そういう重さであり、手触りだった。だからわたしは封はあけないで、返そうとした。

「こんなことされたら、困ります。お金なんて……」

彼は強い口調で遮った。

「なんで困る？　何を困ることがある。食費やんか。受け取ってもらえへんかったら、俺の方が困る。ここにも来にくくなるし、会いにくくなる」

一気に言ったあと、わたしを宥《なだ》めるような、自分に言い聞かせるような、こんな言葉がつづいた。

「ほんまはな、食費だけでは到底、俺の気は済まへんのやけど、今はこれくらいしかできへん。堪忍してな。食費というのが我慢ならんかったら、俺のささやかな気持ちやと思うて、どうか受け取ってやって。これからもずっと、ここで、瓜子ちゃんと美味しいモン食べて、ぎょうさん笑うて、仲良う暮らしたい、そういう気持ち。せやし、受け取って。俺からのお願いやし」

仲良う暮らしたい、と、彼は言った。

「こうして一緒に暮らしてるんやもん、俺も家計に協力するのは当たり前やろ」

一緒に暮らしてる、と、彼は言い切った。

それらの言葉に、わたしは心を動かされた。それは決して感動ではなかったけれど、揺れ動いたことは、確か。いや、ゆらめいたと言うべきだろうか。体の内側で、風もないのに、蠟燭の炎がゆらりと大きく動いた、翻るように。そんな気がした。神様の手で、とうとうページが一枚、捲《めく》られた。そんな気配を感じていた。ふたりがすでに優しい時間の外側にいることに、無意識のなかで気づいていたのかもしれない。ついさっき、この封筒を受け取った瞬間から、別の時間が始まってしまったのだ、と。

それでもわたしは封筒を手にしたまま、

「ありがとう。じゃあ、黒木さんの優しい気持ちに感謝して」

にっこり笑って、そう言った。

わたしの顔は笑っていた。心は強張っていた。なぜだろう、わたしたちにはもうあとがない。そんな気がしてならなかった。

4

第一ヴィラ・コスモス。

黒木陽介と、午前中だけ「一緒に暮らす」ようになった二階建てのアパートには、そんな名前が付いていた。二階の右から二番目にある「2―B」。離婚が正式に成立する少し前から、わたしはその部屋で暮らしていた。

新しい職場となった学習塾、まなびや若葉まで自転車で通えること。それと「コスモス」という名前が気に入って、このアパートを選んだ。花はなんでも好きだったけれど、秋の花のなかではコスモスが一番、好きだった。その可憐さと、そのたくましさが。家賃は毎月、銀行口座から引き落とされていたので、大家さんの顔を見たことはなかった。大家さんもきっと、花の好きな人だったのではないかと思う。なぜなら近くには、第二ヴィラ・サルビアと第三ヴィラ・クロッカスが立っていたから。

サルビアとクロッカスは、アパートというよりもマンションに近いつくりになっていて、その周辺では、夫婦や家族で暮らしている人たちを多く見かけた。コスモスは1DKのアパートで、八畳ほどの広さのある床張りの洋間のほかに、五畳ほどのキッチン、そのつづきに、つつましやかなお風呂場とお手洗いがくっついているだけで、入居者は女性に限定されていた。近所づきあいはほとんどなかった。階段や通路ですれ違う借り主のなかには、大学生もいれば、老女もいたし、中年の女の人もいたし、わたしと同年代に見える勤め人もいた。わたしと同じように、時折、あるいは頻繁に、部屋を訪ねてくる男の人の影がちらついている人も。

玄関に相当するスペースはないに等しく、ドアをあけるとすぐ目の前には、居間兼寝室が広がっていた。狭いキッチンには不釣り合いな大きさの、ダイニングテーブルと椅子を二脚——結婚したとき、自分のお金で買った家具だったので、婚家を出る際にこれだけは持ち出してきた——置いていたせいで、キッチンに収まり切らなくなった冷蔵庫を、仕方なく、玄関ドアのすぐ右隣に置いていた。

はじめて玄関口に足を踏み入れたとき、黒木陽介は、

「なんや、靴箱かと思うたら、冷蔵庫やないか」

面白い発見でもしたように、言ったものだった。

靴を脱いで部屋に上がると、

「おっ、いきなり何かと思うたら、うちの商品やないか」

嬉しそうに声を膨らませて言いながら、息子が高校に合格したとき、そのお礼だと言って、栄介に託してわたしに届けさせた楕円形のクッションの上に寝転がって、大きく伸びをした。

「凪子ちゃんに可愛がってもらえて、布団もたいそう喜んでるわ。おまえ、よかったなぁ。おまえは果報者やで」

クッションを擬人化しているのが、なんとも言えず好もしかった。仕事を愛している人、という気がして。

「そうか、ここが可愛いインテリ姫のお城か」

「お城なんだけど、ひと部屋しかないの」

恥ずかしそうに言ったわたしを、包み込むような笑顔で見つめて、彼は言った。

「凪子ちゃんといちゃつくには、一畳あればじゅうぶんや」

そのあとに、クッションの上で両腕を広げて、

「いや、一畳もいらん。俺の膝だけでええんや」

おいで、とつづく甘い命令形。

けれども、午前中の逢瀬が一日おきからほとんど毎日に変わってきた頃、彼はよく、

居間兼寝室の窓辺に立ち、カーテンのすきまから外をのぞきながら、小さなため息をつくようになっていた。

「ああ、俺に、もっと甲斐性があったらなぁ。もっと広うて、もっと部屋数があって、もっと日当たりがようて、凪子姫にふさわしいお城を借りてやれるんやけど。いつかきっと、そうできるようにがんばるから、あとしばらくのあいだ、辛抱《しんぼう》してな」

居間もキッチンも、日当たりは悪かった。

植物を育てるのが好きなわたしにとって、そのことは小さな不満点ではあった。夏場の早朝、よく晴れた日にわずか二、三十分ほど、居間にはかろうじて陽が射し込んできたものの、それ以外の時間帯は昼間でもうす暗かった。それでもわたしは、居間の窓辺にアイビーとポトスの鉢植え、青じそを植えたプランターなどをちまちまと並べていた。

雨がつづいて洗濯物がなかなか乾かない季節には、彼がドライブに連れ出してくれたとき、その行き帰りに、コインランドリーに立ち寄ってもらった。生乾きの洗濯物を乾燥機に入れたあと、国道沿いのモーテルで一時間ほど過ごして、帰りに乾いた洗濯物を抱えて部屋にもどることもあった。

そんなある朝、車のなかで、彼は言った。

「凪子ちゃんが欲しかったら、乾燥機、買《こ》うてやろか」

「ありがとう。でも、置くところがないから、要らない。これ以上、部屋が狭くなったら困るもの」

「そうやな、乾燥機の置ける場所のある部屋に移るのが、先やわな。なんとかせなあかんな。もうちょっと待っててな。ほんまに済まんなぁ。情けない男で」

「そんなつもりで言ったんじゃないの。それにわたし、洗濯物は乾燥機よりもお陽様に当てるのが好きだし」

「せやし、俺がなんとかして、日当たりのええ、明るい部屋を借りてやりたいんや。口ばっかりで実現できんと、堪忍やで」

　贅沢な暮らしをさせたい、と、彼は事あるごとにつぶやくようになっていた。そのあとには必ず「堪忍してや」がつづく。「愛している」の代わりに「堪忍してや」と言っているようでもあった。

「そんなこと、言わないで……謝ったりしないで。わたしは毎朝ここで、黒木さんにこうして会えるだけで、一緒に朝ご飯を食べて、一緒に楽しく笑って過ごせるだけでじゅうぶん嬉しいし、じゅうぶん幸せなんだもの」

　それは、ひとかけらの嘘偽りもない、真実の気持ちだった。広いアパートにも、部屋数にも、日当たりのよい部屋にも、ベランダのある部屋にも、いかなる贅沢にも、わたしは微塵も興味がなかった。関心がなかった。どうでもよかったのだ、そんなことは、本当に。

わたしが唯一、心を砕いていたことは――

わたしが唯一、耐えられない、なんとかして欲しい、堪忍して欲しいと、願っていたことは――

寂しさだった。

巨大な、底なしの、夜の。

夜の寂しさ。夜の孤独。夜の寒さ。夜の寄る辺なさ。夜のやるせなさ。夜の心もとなさ。寂しい夜。会えない夜。彼のいない夜。ひとりぼっちの夜。わたしをいじめる夜。首を締めつける夜。終わらない長い夜。つらい夜。悲しい夜。みじめな夜。暗い夜。夜。夜、夜、夜、夜、夜、夜、夜。わたしの人生をすっぽりと覆い尽くしているかのような、黒い黒い黒い大海原のような、夜。岸辺もなく、灯台もなく、星空もなく、きりもなく寂しく、途方もなく寒々しく、いっそ飛び込んで死んでしまいたくなるほど苦しく、耐え難い夜の海。

午後九時半過ぎにタイムカードを押し、自転車に乗って、アパートに帰ってくる。コスモス、サルビア、クロッカスの住人たちが共同で使用している自転車置き場に自転車を停め、ビルとビルのあいだの細い路地を通り抜けると、コスモスのちょうど前に出る。少し錆びかけている鉄の階段をのぼって、二階の廊下まで上がる。草臥れ果てた体で、重い足取りで。

わたしの部屋「2―B」には、オレンジ色の明かりが灯っている。真っ暗な部屋にもどってくるのはいやだから、出かけるときにはいつも、キッチンの灯りを点けたままにしておく、そういう習慣が身に付いている。鍵をあけて、なかに入る。内側から鍵を掛けて、靴を脱ぐ。冷蔵庫の上に鍵を置く。カチャリという音が耳に痛い。

それから、壁のスイッチを押して、居間兼寝室の電気を点ける。

明かりが点いて、居間兼寝室全体がぱっと視界に入った瞬間、わたしはまるで北極に置き去りにされた犬のような、声を限りに泣き叫びたいような、悲痛な気持ちの濁流に呑まれてしまう。

敷かれたままの布団。

乱れたままのシーツ。

抱き合っているように見える、ふたつの枕。

枕もとに置かれたお盆の上の、グラスやカップや小皿や灰皿や、紙切れのようなもの。

今朝、仕事に出かける前に、布団から起き上がって、それらを片づけようとしていたわたしの手を取り、引っ張って、自分のそばに連れもどしておいてから、黒木陽介は囁いた。

「凪子ちゃん、おいで。もういっぺんだけ、さして。な、できるやろ」

「無理よ。もうできない。そんな時間もないし」

「ふたりして、遅刻しよ」

「駄目よ、遅刻なんて。できない、そんなこと、できない」

「できるかできないか、やってみないと、わからへんやろ」

「できないったら」

できないと言いながらも、わたしは喜々として、膨らみ切った男の欲望に口づけをし、わがままを受け入れ、駄々っ子を宥めるようなその行為に夢中になる。わたしは彼を導いて、あっけなく、どこかへ連れ去るのが巧い。まるで性技に長けた娼婦のようだ。けれど、わたしはそんな自分が嫌いじゃない。好きだ。

まぶたを閉じて、好きな人と好きな自分に夢中になり、好きな行為が終わったあと、まぶたを開いて、そこにある現実を見つめる。

ふたりの体はいつも、朝の光に包まれている。うすい光ではあるけれど、彼が部屋にいるだけで、それは奇跡の光であり、希望の光となる。

今、光はどこにもない。どんな光もない。

わたしの目の前には、午前中、互いの職場に出かける直前まで、互いの体を貪り合っていた形跡のすべてが、痕跡の細部が、生々しく、痛々しく、残っている。会話が、ため息が、匂い立っている。噎《む》せてしまいそうなほど強い残り香だ。いや、残っているのではなくて、それはそのままここに在る。実際の出来事よりもさらに赤裸々な姿となって、目の前に横たわっている。うねうねと、蜷局《とぐろ》を巻いた蛇のように。

敷かれたままの布団。乱れたままのシーツ。抱き合っているように見える、ふたつの枕。枕もとに置かれたお盆の上の、グラスやカップや小皿や灰皿や、紙切れのようなもの。灰皿のなかには、彼の吸ったハイライトの吸い殻。すぐそばに、彼の行きつけの喫茶店「絵里花」のマッチ。ふたつ折りにして壁に立てかけてある「黒木布団店」特製のクッションの上に、彼が置き忘れていった、くしゃくしゃの競馬新聞。

部屋の明かりを点けて、そんな光景――彼の存在と不在――を目にするたびに、わたしはわっと泣き出したくなる。蛻《もぬけ》の殻を抱きしめて、叫びたくなる。魂の抜けた体で、声を限りに。なぜ、あなたはここに、いないのか。こんなにも露骨に、いやらしいほど、あなたはここにいるのに、なぜいないのか。なぜ。

黒木さん、会いたい。

会いたい、会いたい、会いたい。

声に出してそう言いながら、そのまま冷たい布団のなかに倒れ込み、シーツを引き寄せ、枕に顔を埋めて、そこに残っている彼の匂いを懸命に胸に吸い込んで、祈る。

帰ってきて、もどってきて、早く、早く、早く……助けて……溺れそう……溺れ死んでしまいそう。

こうして、きりもなく長い、耐え難い夜が幕を明ける。

堪忍して。


「何を大袈裟なことを。ひと晩だけ寝たら、もう次の朝には、俺はちゃんとここに帰ってきて、こうして、ちゃんとここにいてるやないか。俺がいつ、凪子ちゃんを置き去りにした」

ゆうべは寂しくて、北極に置き去りにされた犬のような気分だった、と、次の朝、布団のなかで飼い主に抱きつき、甘えて拗《す》ねた声を出すわたしに、黒木陽介は囁くのだった。嬉しそうに、わたしよりも何倍も甘い声で。

「まったまたそんな可愛いこと言うて、朝から俺をたぶらかすつもりか」

ずっと前に話した、まなびや若葉の「便所の終身刑」よりもつらい刑罰。死ぬに死ねない恐ろしい死刑。それが「夜の寂しさ」なのだと、必死で訴えるわたしを、彼はからからと笑い飛ばすのだった。息子の口真似をして、何言うてんねん、あの便所の方がよっぽど怖いで、と。

「わがままなお姫様やなぁ。いったいどうしたもんやろ。困ったなぁ」

わたしの寂しさなど、まったく意に介さないといった表情で、

「よし、わかった。夜が寂しいなんて言えへんようになるほど、朝、しっかりと懲《こ》らしめておいたらええんやろ。ぐうの音も出んほど、思い切り。そしたら夜は疲れ果てて、ただ寝るだけや。寝たらもう終わりや。起きたら俺はここにいる」

力強くそう言って、声よりも力強く、抱きしめてくれるのだった。まるで「俺には何もかもわかっている、知っている」と言いたげに。

彼は知らなかった。知りようもなかった。どんなに懲らしめられても、声が嗄れるほど懲らしめられても、懲らしめられればられるほど、夜の寂しさは、なくなるどころか、弱るどころか、蔓延《はびこ》ってゆくのだということを。

蔓延った蔓《つる》に雁字《がんじ》搦《がら》めになり、息も絶え絶えになって、寂しい、寂しかった、と言って、めそめそ泣くわたしに、彼は言うのだった。優しく、あやすように。

「泣かんといて、そんなこと言わんといて。な、あしたの朝にはまたここに帰ってきて、ここにこうして寝てるやん。な、凪子ちゃん、泣かんといて。な、お願いや。泣くほどのこととちゃうやんか。そんなに泣かれたら、俺……」

泣くほどのこととちゃうやんか。

絶望的な言葉だった。

わたしにとっては泣くほどの、号泣したくなるほどの、泣いても泣いても泣き足りないほどの寂しさだったのだ。泣くほどのことではない。それは、彼とわたしのあいだに横たわる、絶望的で圧倒的な、埋まりようのない溝を見せつけられる言葉だった。

泣くほどのこととちゃうやんか。

いつのまにか、それが彼の新たな口癖となっていた。

優しくあやすようなその口調が、困り果てうんざりしたような声色に変わるまでに、わたしはなんとかして、寂しさを手なずける必要があった。会うたびに、抱き合うたびに、これは緊急の課題だと思うようになっていた。醜い女にならないために。腐った女にならないために。すがりつく、追い求める、ないものねだりをする、物欲しげな女にならないために。わかっていた。この人を、この恋を、優しい時間を、たゆたう時間を失わないでいるためには、守り抜くためには、この寂しさを乗り越えなくてはならない。打ち勝たなくてはならない。たったひとりで。

「困らせて、ごめんね。最初から、約束してたのにね」

涙を拭って、わたしは言った。もう泣かないから、堪忍してねと。

つきあい始めたときから、彼はくり返してきた。泊まることはできない。離婚もできない。俺には、たったひとつだけ、守り抜きたいものがあるのだと。

彼の守り抜きたいものとは、家族であり、家庭であるに違いなかった。あるいは家業を含めた大きな意味での「家」ということだったのか。はっきりとそう言われたわけではなかったものの——それは「家」を持たないわたしに対する思いやりであり、気づかいだったのだろうか——彼がはっきりそう言わないことで、かえってわたしには「家」の存在が確固たるもののように感じられた。決して壊れないぶあつい城壁のように、それはふたりのあいだに存在していた。

毎晩、彼が「家」で過ごしている姿を想像しながら、自分に言い聞かせるように、わたしは思った。もしもわたしが彼を愛しているのなら、わたしは、愛している人の大切にしているものを、壊してはならない。壊さないで、愛したい。むしろ、守ってあげたい。そういう方法を見つけたい。見つけたら、それを実行したい。どこからどう見ても、救いようのない、破滅的な恋かもしれないのに、わたしの気持ちは至って建設的だった。

わたしは願った。この恋を、守りたい。この恋を、陳腐な思い出にはしたくない。わたしの人生を、無意味なものにしてはならない。わたしだけにしかできない愛し方がきっとあるはずだ。そう信じていた。信じたかった。

秋も終わりに近いある晩のことだった。

いつものように職場からアパートに帰ってきたとき、キッチンの明かりが消えていることに気づいた。出かける前には点けてきたはずだったのに、途中で電球が切れてしまったのだろうか。それともきょうに限って、点けて出るのを忘れていたのか。訝《いぶか》しく思いながら鍵をあけ、真っ暗な部屋のなかに入って、スイッチを押してみたところ、やはり明かりは点かない。次に、居間兼寝室の明かりを点けようとして、驚いた。なんと、居間の電気も切れているではないか。

心細い思いをふり切るようにしてお風呂に入り、上がったあと、わたしはふと思いついて、普段はほとんど使うことのない、小ぶりの書き物机の上に置いてあるスタンドの電気を点けてみた。点いた。

その机は小中学生用のいわゆる「勉強机」で、わたしが郷里の実家を出て、大阪でひとり暮らしを始めたばかりの頃、父に頼んで送ってもらったものだった。大きな引き出しが中央にひとつ、小さな引き出しが右側に三つ、付いている。ただそれだけの簡素な机。大学時代にはこの机でレポートを書いたり、本を読んだりしていた。結婚していたときには、婚家の物置のかたすみに追いやられていた。今は、机としてではなく、雑多な物を置く台として使っている。

久方ぶりに、わたしはその机の前に座ってみた。机の上に雑然と積み重ねてあった物々——犬の置物や写真立てや書類やＤＭや雑誌やどこかから届いた封書など——をざっと脇に寄せて置き、椅子を引いて深く腰かけ、背筋を伸ばして、手のひらで机の表面を撫でてみた。まるでこれから受験勉強を始める高校生のように。

小さなスタンドの明かりは手もとを明るく照らしていた。部屋のなかは、お風呂場の明かりを取り入れてもなお暗かった。

取り立てて何をするということもなく、ほんのつかのま、机の前に座っていた。そのとき、はたと気づいたことがあった。

どうしたんだろう。いつものあの恐ろしい寂しさがなりをひそめている。縮こまっている。猛威をふるってこない。牙を剝き出しにして、襲いかかってこない。

部屋のうす暗さが妙に、わたしの気分を落ち着かせている。不思議だ。こんなことって、あるんだな。思わず頰に苦笑いを浮かべてしまった。苦笑いはやがて、安堵の笑みに変わった。そうか、居間の明かりを点けるから「夜」が始まるのか。耐え難い、寂しい夜が。ならばこんなふうに、部屋全体の明かりは点けないで、こうして小さなスタンドだけを灯して、過ごせばいい。

殺伐とした巨大な夜の代わりに、ほんのりとあたたかな小さな夜が始まったような気がした。

右手を伸ばして、上から順番に引き出しをあけてみた。

二番目の引き出しのなかには、便箋、封筒、葉書、カード、切手などがぎっしり詰まっている。誰かから、もらった手紙も何通か。便箋も、何種類か。どれも使いさしのものばかり。葉書は古い料金のものだった。

それらを取り出して漫然と眺めているうちに、思いついた。そうだ、手紙を書こう。書いてみよう。誰に？　もちろん、黒木陽介に。

息子の補習授業の謝礼として、金一封を受け取ったあと、わたしの書いたお礼状を、彼が「嬉しかった」と喜び、褒めてくれたことを思い出していた。

「俺はなんと言うても、あの手紙やな」

「あの手紙って、お礼状のこと」

「そうや、凪子ちゃんからもろた手紙は、あれだけやろ。あの手紙に参ってしまいました」

「どこが、どんなふうに？　大したことは書いてなかったはずだけど」

「そや、大したことは書かれてへんかったな。そこがよかったんや。まあ、なんと言いますか、素っ気ない文面に、そこはかとなく漂っている女心というか、恋心というか」

　あれからまだ、季節はふたつしか巡っていないというのに、あの会話からずいぶん遠くまで来てしまった。

　懐かしい。もどりたい。あの場所へ、あのふたりに、もどりたい。

　そんな思いに駆られて、わたしはお礼状を綴ったときに使った便箋を取り出し、手紙を書き始めた。

　黒木陽介様
今朝は、ありがとう。朝ごはん、とっても楽しかった。とってもとっても。そして、とっても美味しかった。茄子ときゅうりのぬか漬け。病みつきになりそうです。でも、できるかな、大丈夫かな、私に、ぬか床のお世話なんて。がんばってみますけれど、黒木家代々に伝わる「ばあちゃん秘伝」のぬか床を台なしにしないか、心配です。それにしても、お漬け物って奥が深いのですね。

いったん綴り始めたら、止まらなくなった。

まぶたがくっつきそうになるまで書き綴り、いつのまにか布団に倒れ込んで、そのままぐっすり眠っていたようだった。気がついたら朝になっていて、わたしのそばには、彼が洋服を着たまま横たわっていた。

「おはよう、よう眠れたか？　泣かんと寝たか」

「黒木さんの夢、見てた」

「ほんまか？　どんな夢や」

実際には、夢は見ていなかった。けれど、夢も見ないで熟睡できたということがわたしにとっては、どんな夢よりも幸せな夢だった。久しぶりに、悪夢を見ることもなく、泣き寝入りをすることもなく、眠りにつけた。

その夜以来、わたしは「手紙を書く」という行為に、病みつきになった。文字を綴り、文章を書くという行為には、わたしを癒し、わたしを救う力があった。手紙は勝利した。手紙には、激しい寂しさに打ち勝つ力があった。

毎晩、毎晩、わたしは書いた。

仕事からもどり、お風呂に入り、夜食を済ませたあとは机に向かい、手もとの明かりだけを点けて、ただひたすら手紙を書いた。「お守りにしたいから」と、彼に頼んで自分の物にしたベージュのカーディガンを膝の上にのせて、あしたの朝には会えるとわかっている人に。

黒木陽介様
今朝はあわただしくなってしまって、ごめんなさい。でも、おかげさまで朝の補習はうまくいきました。――

黒木陽介様
今朝は嬉しかったです。ありがとう。今、思い出してみると、なんだかまるでおとぎ話みたいな出来事でした。――

黒木陽介様
今朝は幸せでした。世界で一番幸せな女、それが有島凪子です。――

他愛ない手紙を何通も、何通も、わたしは書いた。滾々《こんこん》と、淡々と、坦々と、書いた。嘘のない文章にしようと思った。本当のことだけ正直に、できるだけシンプルな言葉で、激しい感情はできるだけ薄めて――薄めるためには、涙を使わねばならなかったけれど――清らかに書こうと努力した。

手紙は、日記のようでもあり、写経のようでもあった。一文字一文字が一秒一秒の寂しさを、寸分のすきまもなく埋《うず》めてくれた。万年筆を使った。インクの壺から吸い上げる形式のもの。壺からインクを吸い上げるたびに、わたしは、胸の奥から湧き出す涙の泉に指先を突っ込んで、涙をたっぷり吸い上げた指で、ペンを握り直した。

書き終えると、四つに折り畳んで、まっ白な無地の四角い封筒に入れた。はっとするほど美しい紙質のその封筒は、ほかのどんな封筒よりも白さが際立っていた。「雪の封筒」とわたしは名づけていた。

「はい、ラブレター」

朝食のテーブルの上で、純白の雪の封筒を手渡すと、

「おおきに。ああ、嬉しいなぁ。ほくほくする。きょうも一日、これで幸せに過ごせる。これを受け取る楽しみがあるから、仕事もがんばれるし、これをもらえるのが楽しみで、生きてるようなもんや。ゆうべの疲れもいっぺんに取れる」

彼は、満面に笑みをたたえて言った。「ゆうべの疲れ」とは、真夜中に徘徊をくり返すようになっている義理の母親を捜しに出かけて、車のなかで夜明かしをしたことを意味していたのだろうか。

「いつも、どこで、読んでるの」

「それは、秘密や」

手紙の返事をくれることはなかったものの、彼は必ず、手紙のどこかを褒めてくれた。まるで作文を褒める国語の先生のように。そのことが嬉しくて、わたしはいっそう一生懸命、熱意と心をこめて手紙を書いた。

そのうち、彼は手紙の感想のあとに「今度いつか、子どもの時分のこと、教えて」とか「生まれた町のこと、書いて」とか「タイトルは、初恋についてやな」とか、そんなリクエストを付け加えるようになった。いっそう喜々として、わたしは書いた。

恋人の与えてくれる宿題を心待ちにするようにもなった。

「次の宿題は、凪子ちゃんの……」

「何」

「怒らへんか」

「怒らないから、なんでも言ってみて」

「あのな、こんなんどうやろ？　凪子ちゃんの初体験について」

「いややなぁ、もう」

　無心で手紙を書いていると、それまで思い出すこともなかったことを思い出したり、「そうか、わたしって、こんなことを考えていたのか」と、自分の気持ちを理解することができたりして、面白かった。

　そうか、わたしって、こんな女だったのか。

　ときどき、彼に宛てて書きながらも、わたし自身に宛てて書いているような錯覚に陥ることもあった。

　わたしは自分に宛てて、いったい何を書いていたのだろう。

　ほかの何を失っても、それだけは失われることがない。それどころか、失ったものよりも何倍も大きなものがあとには残るのかもしれない。そのようなもの。しかし、いったい何が残るのか、どんなふうに素晴らしいものが残るのか、皆目わからない。そのようなもの。手紙のなかだけに、書くという行為のなかにだけ、もしかしたら、紙の上に並んでいる文字のなかだけに存在するもの。そのような何か。それがなんなのか、わからないまま、わたしは書きつづけた。書いて渡した。まっ白な封筒のなかに、ふたりの後生大事を封じ込めるようにして。

京都の寒空を、まっ白な粉雪が覆い尽くしていた冬のある朝、黒木陽介は、ダイニングテーブルを挟んで向かい合い、食後の濃い緑茶を飲んでいるとき、ふんわりと、こんな言葉を口にした。

「凪子ちゃん、小説家になれるよ。小説、書いてみたらええんとちゃう」

「えっ、小説」

「面白いもん、凪子ちゃんの手紙。読み出があるし。手紙で終わらせるのは、もったいないんと違うやろか」

彼はわたしの知る限り、小説の熱心な読者とは言えなかった。だからこそ、そんな無邪気なことが言えたのかもしれない。

「冒頭の『黒木陽介様』いうのを取ってしもたら、自然に小説になる気ぃがする」

「だったら、黒木さんのことがいっぱい出てくる小説になるよ。それでも、いいの」

「かまへん。凪子ちゃんの小説の主要人物になれるなんて、光栄や」

「冗談でしょ」

「当たり前や、冗談や。くわばらくわばらや、俺が出てくる小説なんか」

「やっぱり」

わたしたちは声を上げて、笑った。窓の外の粉雪も、釣られて笑っているように見えた。彼もわたしも、こんな手紙が小説になるわけなどないとわかっていた。そんな簡単なものじゃないと、わかり過ぎるほどに。

5

黒木陽介様
今朝の秋刀魚と焼き茄子、本当においしかったです。

黒木さんの焼き方が職人芸だったおかげでしょう。焼き茄子はおろし生姜をのせて、青じそでくるんでいただき、秋刀魚に添える大根おろしには、赤唐辛子とレモンの皮を細かく刻んだものを加えるなんて、まさに「黒木ウメばあちゃんの奥義」ですね。だし巻きも、この大根おろしでりっぱな一品になるね。

今夜の晩ごはんは、朝に教わった通りに、その特製大根おろしにちりめんじゃこをたくさん交ぜ込んで、あたたかいご飯の上にのっけて食べました。じゃこ丼。これにお味噌汁があるだけで、りっぱな夜食になるね。

今、夜の十時半を少しまわったところです。

黒木さん、どうしてるかな。

会いたいな。

って、書いちゃだめだったね。もうじき会える、が合い言葉。「ひと晩、寝たら、お正月」だったね。毎晩が大晦日。黒木さんがにぎやかで楽しい、笑いに満ちた夜を過ごしているといいなと思います。本日のお仕事、大変おつかれさまでした。

そういえば、きょうの夕方、栄介くんが塾を訪ねてきたのよ。私は授業がみっちり詰まっていたので、ゆっくり話せなかったんだけど。

久しぶりに顔を見たけど、ずいぶん大人っぽくなっていました。中学生の頃の五月人形のような男の子の面影は、もうどこにもなかった。黒木さんは毎日、見てるから、気づかないでしょうけど。

あとで他の先生から聞いたんだけど、高校で、彼女ができたみたいね。

黒木さん、心配してる？　自分のこと、棚に上げて。

さて、今夜もこおろぎと鈴虫の音をＢＧＭにして、先日リクエストをいただいた、子どもの頃のことについて、書きますね。小学校時代のつづきです。

小学五年生のとき、私たち家族は、海辺の町、牛窓をあとにして、岡山市のはずれにある備前一宮という町に引っ越してきました。銀行にお勤めしていた父の転勤にともなって。実際のところこの転勤は、父が会社に願い出て、認められたものだったようです。ふたりとも大学を出ていなかった両親は、私と妹を、なんとしてでも両親曰く「りっぱな大学」に行かせたかった。この親心、黒木さんとまったく同じですね。そして、りっぱな大学に合格させるためには、県下でも全国的にも有数の受験校として知られている岡山県立高校（当時は三校ありました。今は四校になっています）に進ませなくてはならないと考え、そのために、岡山市内にある支店への転勤願いを出したというわけです。

備前一宮という町は、『古今集』にも歌われている吉備の中山に抱かれた、静かでのどかな田園地帯のなかにあります。

この歌、調べてみました。

「真金《まがね》吹く　吉備の中山《なかやま》　帯にせる　細谷川《ほそたにがわ》の音のさやけさ」

それほど高くはない、なだらかな山がうねうねと横に連なっている様は、確かに「帯にせる」って感じ。私は学校からもどると、犬の散歩がてら、その中山に落ちていく夕陽を、田んぼのあぜ道から眺めるのが好きでした。あの頃『古今集』の時代とまったく同じ山を眺めていたのかと思うと、なんだか不思議な、壮厳な気持ちになります。

ひとつ下の妹と一緒に、ランドセルを背負い、肩を並べて通っていた小学校は、吉備津彦神社のすぐそばにありました。

黒木さん、知ってる？　この神社のこと。

比翼入り母屋造りの、おごそかで優美な建築や、山の起伏に沿って延々とつづく回廊や『雨月物語』にも出てくる吉備津の鳴釜で知られている吉備津神社、じゃなくて、吉備津「彦」神社ね。どちらの神社も、鬼退治で有名な吉備津彦命を祀ってあるんだけど、吉備津神社の方が圧倒的に有名なせいか、吉備津彦神社の方は、ちょっとさびれた感じかな。でも、私にとっては吉備津彦（と、呼ばれてました）は、なつかしい、なじみ深い神社です。

参道脇の庭は、古式豊かな古代庭園。エメラルドグリーンの池には、色とりどりの鯉が泳いでいました。子どもの頃には、毎年、夏になるとこの神社の境内で催される御田植祭《おんだうえさい》、通称「お田植え祭り」が楽しみでならなかったの。そうそう、神社にはものすごく巨大な花崗岩でつくられた常夜灯があるんだけど、わんぱく少女だった私と妹は、その階段をのぼっては、神主さんに叱られてました。

以上、黒木さんに、私の育った町の説明をするために、わざわざ図書館で本を借りてきて、いっしょうけんめい調べたのよ。少しはイメージ、わきましたか。

書いているうちに、今ふっと思い出したことがひとつ。

鬼ノ城に棲んでいた「温羅《ウラ》」という名前の鬼を退治した四道将軍、吉備津彦が昔話の桃太郎のモデルとなった、というのは有名な話だけれど、うちの父はよく、こんなことを言っていました。岡山県人がどうして桃太郎を英雄視するのか、わからない。なぜなら、鬼こそが岡山県人のルーツで、鬼を征伐しにきた吉備津彦というのは、御上がつかわした人物。つまり、岡山県人は自分たちをこらしめにやってきた桃太郎を崇めている。これはいかがなものか、と。

京都出身の黒木さんは、いかが思われますでしょうか。

なにはともあれ、私は桃太郎伝説の町で育ち、小学校を卒業したあとは、桃太郎の桃がどんぶらこどんぶらこと流れてきたという川べりの道をてくてく歩いて、中学校に通っていました。この中学校というのがまた面白くてね、なんと、小丸山古墳という古墳の上に校舎が立っていたの。もしかしたら、運動場の下には、埴輪《はにわ》や土器なんかが埋まっていたのでしょうか。

小学、中学時代を通して、私は学校の成績も優秀で、学級委員や生徒会の役員なんかにも選ばれて、両親にとってはまさに希望の星だったみたい。対照的に、妹は勉強がきらいで、成績もうしろから数えた方が手っ取り早く、でもピアノだけはすごく上手だったから、彼女は中学を出ると、音楽教育で知られる私立の女子校に入りました。

そして、私の話にもどります。今にして思えば、中学時代の私にとって、両親の過剰な期待というのは、かなりの重荷だったような気がします。がんばっても、がんばっても「まだまだがんばらなきゃ」というプレッシャーを四六時中、背中や肩に背負っていました。前にも話したけど、うちの両親は娘の教育やしつけに関しては、非常に厳しかったのね。そんな両親の期待になんとかして応えたくて、私は自分で自分に「もっともっと」とプレッシャーばかりかけていたの。たとえば、ある学期にクラスで成績がトップになったとすると、次の学期も、その次の学期も、そして、次は学年でトップにならなきゃ、学年のあとは学校でトップに、と際限なく、果てしなく。

もちろん、そんな努力の甲斐あって、県立高校にはぶじ合格。大学進学へのパスポートは得たわけです。

ただ、高校に合格したとたんに、それまでのプレッシャーと緊張から一気に解き放たれたせいか、まるで留め金のはずれたロボットか、下手な工作の操り人形みたいに、ぐちゃぐちゃというか、ぐしゃぐしゃというか、見事なほどふにゃふにゃにつぶれてしまうわけですけれど、ここから先はまた、あした。

眠くて、まぶたとまぶたがくっつきそうになってきました。

あしたの朝、起きたら、黒木さんに会えると思うと、うれしいです。

朝食は、何をつくってくれるのでしょうか。
一日三度のごはんのなかで、あなたと食べる朝ごはんが常にトップ1です。
いつも、私のとりとめもない手紙をほめてくれて、ありがとう。

愛しい人、おやすみなさい。
いつも、黒木さんとともに在る
凪子より

黒木陽介様
今朝はちょっとわがままなことを言ってしまって、ごめんなさい。
反省しています。クリスマス当日を、朝から晩までまるまる一日、いっしょに過ごしてくれることになったんだもの、それなのに、お正月は？　なんて詰め寄ってしまって、あなたを困らせてしまいました。
安心してね。お正月は、私も久方ぶりに岡山に帰省して、両親や妹の家族（旦那と子どもがふたり）といっしょに過ごすことに決めましたから。

でも、四日の朝には必ず、会いたいです。そうしないと、一年が始まらない気がする。合い言葉は「一年の計は、四日にあり」です。岡山から、父が杵《きね》でついたお餅を持って帰るから、京都風のお雑煮をつくって、食べさせてね。

さて、このところ毎晩、中学時代のことばかり書いてきたけれど、そろそろ高校時代に移りましょうか。いよいよ「有島凪子の華麗なる恋愛史」のはじまり、はじまり。

同時に、黒木さんの「はらはらドキドキ」も始まるね。

覚悟はできていますか？　思う存分、嫉妬してもらうよ。

あ、だけど、その前にひとつだけ。

これもやっぱり、こうしてお手紙で少女時代をふり返っているうちに「はらり」とよみがえってきた出来事のひとつ。

遠い遥かな記憶の、幾重にも積み重なった地層のあいだにすっぽりと埋もれていた、化石みたいな出来事なんだけど、ついさっきね、こんなことを思い出したの。ほんとに、ついさっき。それまでは、忘れていたの。

前にも書いたように、私が中学二年生になったとき、私たち家族は、それまで住んでいた吉備津彦神社の近くの借家から、両親が力を合わせて買った、新興住宅地（ひかり団地という名がついていました）のかたすみに立っている、青い瓦屋根のマイホームに引っ越しました。いわゆる建て売り住宅で、ダイニングルームとリビングルームのほかには、六畳と四畳半しかなかったから、六畳は両親の寝室で、四畳半が私と妹の共同の勉強部屋。数年後、増築して、二階のふた部屋ができるまでは、私たち姉妹は二段ベッドの上下で寝起きをしていたの。机はひとつしかなかったんだけど、幸いなことに、奪い合いにはならなかった。妹は、勉強よりもスポーツ、本を読む時間があったら外で遊ぶのが好き、というタイプだったから。

だから妹は、その本棚の存在をまったく無視していたんだけれど、両親の寝室と私たちの部屋を結ぶ短い廊下のうす暗い壁際に、ひっそりと、本棚が置かれていたの。どこにでもあるような、安物のスチールか何かでできた、三段か四段くらいの本棚。そこにはおもに、読書家の父の蔵書が並んでいたんだと思うけど、もしかしたら、母の本もあったのかもしれない。とにかくそれは大人の本棚だった。

そして、中学時代の私は、この本棚に、ひそかに夢中になったの。ひそかに、と書いたのは、そこに並べられている本を私がひもとくのは、いけないことなんじゃないか、と、私が勝手に思っていたせい。両親からは直接「読んではいけない」と禁じられていたわけではないのに、なぜか私は、この本棚の本を読んでいることが親に知られたら、叱られると思い込んでいたのね。

吉行淳之介、安部公房、小林多喜二、大江健三郎、林芙美子、瀬戸内晴美。今、ぱっとすぐに思い出せる作家の名前は、こんなところ。それから、彼らの著作に交じって、萩原朔太郎の詩集と、もう一冊『原爆詩集』というタイトルの詩集がありました。詩人の名前は、私の記憶に間違いがなければ、峠三吉という人だったと思います。

この本棚にぎっしりと埋まっていた本と、その記憶のなかから「はらり」とよみがえってきた出来事は、実はふたつあるの。二枚の落ち葉。

ひとつずつ、順番に書いていきますね。

ひとつめは、萩原朔太郎の詩集。確か、岩波文庫だったと思う。カバーはついていなくて、表紙も中身もうすす茶色。鼻をくっつけると、チョコレートみたいな匂い。背表紙には「★」が三つ。選者は、三好達治。表紙は、つる草とぶどうとお花と鳥の、まるで包み紙みたいなイラストがタイトルを取り囲む額のような形にデザインされている、そんな装幀。お花は鷺草で、鳥は白鷺だったかもしれない。

表紙をめくると、中扉の前に、つるっとした紙が一枚。その裏には、萩原朔太郎の肖像写真（37歳）と、その写真の左上には自筆のローマ字のサインが印刷されていました。1924という数字と共に「S・Hagiwara」と。

そして、そのつるっとした紙の表側、つまり表紙をめくってすぐのところに、万年筆か、青いインクのペン字で、短い文章が記されていたの。ちょうどそのページの中央にきちんとおさまる形で、きれいに。

私は最初、これもまた萩原朔太郎の詩、あるいは文章なのだろうか、と思いました。でも、よく見ると、いいえ、よく見なくても、その詩は印刷されたものじゃないとわかったの。明らかに誰かの手書き。

その誰かとは、明らかに父です。これは父の書いた文字だと気づいたとき、心臓がどきどきしたことをよく覚えています。そこにはこんな詩が書かれていました。

　こけし人形に
美しき人を愛する喜び。愛される幸せ。
素直な優しい人に語る喜び。語り合う愉しさ。
ともすれば失わんとする貧しい心に力強い生命の
いぶきを与える人——私はその人を愛する。
清純さと、粗ぼくさと、そして優しい微笑を私は愛する。生活からくる未来への絶望的暗さや、頽廃した幻覚を捨て去り、真実、明日を信じ、永遠の生命（芸術）の美しさを讃えた人――

私は、なんと云ってもその人を愛する。

一九五四、一、十三

決して、暗記していたわけじゃないの。高校時代、自分のおこづかいで買い求めた『萩原朔太郎詩集』のうしろの余白のページに、高校生だった私は、この文章を鉛筆で書き写していたのね。その詩集をさっき、私の本棚のかたすみから取り出して、それを見ながら、ここに書いたのです。

きょうまでずっと忘れていた。父の詩のことも、私がそれを書き写していたことも。一九五四年というと、私が生まれる二年前。ということは、この詩は、恋愛中だった母に捧げたものでしょう。娘としてはそう思いたいところです。「こけし人形」に傍点が振ってあるのは、それが母の愛称、あるいはふたりだけに通じる暗号だったということでしょうか。

すごく不思議なんだけど、高校時代、この詩を発見して、わざわざ書き写したとき、私はいったいどんな気持ちでいたのか、思い出そうとしてみたんだけど、どうしても思い出せないの。驚き？　感動？　あの、厳しいだけの父に、こんな恋愛の思い出があったとは、という驚き。若いふたりの若い恋愛に対する、感動。その恋愛から、私や妹が生まれてきたのかという感慨。もちろん、それらもあったと思うけど、それだけではなかったような気がします。

今、大人になった私が、十代の私があのとき感じていた気持ちを推し量るならば、それは畏れかもしれません。そう、畏怖の念です。なんに対して、でしょうか。両親、あるいは、人間に対して、ということでしょうか。

ひとつめの落ち葉の話が長くなりました。

ふたつめは、あした、書きますね。

今、真夜中の十二時五分前。そろそろガラスの靴を脱いで、このお城から去っていきましょう。

私は、なんといっても、その人を愛する。

あなたのシンデレラより

黒木陽介様
またまたほめられてしまって、図に乗っています。

そうですか、そんなに面白かった？　二枚目の落ち葉の話も、一枚目同様に。

自分でも、あの出来事をどう解釈したらいいのか、わからなかったんだけど、黒木さんの話を聞いて、納得できたような、できないような。

でも、小説なんて、私には無理。

とうてい無理だと思う。

だって、今までに一度も書いたことがないんだもん。読むのは大好きだけど、実際に書くとなるとね。手紙を書くようにして書けばいいと黒木さんは言うけど、そんなに簡単には行かない気がします。

というわけで、今夜は、二枚目の落ち葉の後日談を。

峠三吉の詩集の中扉の裏に、私が峠三吉その人になりきって書いたメッセージ。巧みに筆跡を変え、読者に向かって叫ぶように、吠えるように書いた、短い詩（私にとっては詩のつもりだった）。私は、いつ、それを、本への落書きを父に発見され、激しく叱られるのか、怒鳴りつけられるのか、毎日、心配で心配でたまらなかった。にもかかわらず、早く発見されて叱られたいというような、相反する思いもあり、なんだか複雑な気持ちで、日々、父の一挙一動に神経をぴりぴりさせ、顔色をうかがっていました。

でも父はいっこうに、何も言いません。一週間、一ヵ月、三ヵ月、半年、一年が過ぎても。娘の悪さにまったく気づいていなかったのか、いや、気づいていたくせに、気づいていないふりをしていたのか。とにかく、父は何も言わなかったの。

そして、私が高校を卒業し、父の期待を裏切って岡山大学を滑り、そのかわりに大阪にある教育大学に合格し、大阪でひとり暮らしを始めることになった、その年の春。あしたはいよいよ実家を出て、大阪へ引っ越しをするという前の晩。家族そろって、夕飯を食べているときでした。

父がふっと、漏らしたの。

「凪子は将来、詩人になるつもりなんかなぁ」って。

「それもええかもしれんよ」って。

妹も母もびっくりしました。あんぐりと口をあけて。母に至っては、箸をぽろりと落としていました。なぜなら、それまでずっと「凪子は将来、学校の先生にならんといけけん」「絶対先生になるんじゃ」と、父は口を酸っぱくして、目を三角にして言ってきたから。「人間にとって一番、大事なことは、仕事。社会のため人のために役立つ仕事をすること」と。私は私で、そんな父に反抗するつもりは毛頭なく、自分でも「教師になろう」と思って、教育学部か、教育大学を目指してきたのです。

頑固一徹で、口うるさくて、自分の意見は絶対に曲げない父にしては、それは本当に珍しい、信じられないような発言だったのね。詩人、という言葉も驚きなら「それもええかもしれんよ」という言い方もね。

けれども私はその夜、父の発言には、それほど驚かなかった。

なぜなら。

すべては、今にして思えば、ということですけれど。

そう、たぶん、父は知っていたのでしょう。発見していたのでしょう。峠三吉の詩集へのあの落書きを。詩人になりきって書いた、娘の稚拙な文章を。そして、こんなことをする娘はきっと、詩人にあこがれているに違いない、と思ったのでしょうか。もしかしたら父は、詩人にあこがれて、詩人になれなかった自分の夢を、もしかしたら娘がこれから実現してくれるかもしれない、とひそかに思っていたのでしょうか。

ねえ、黒木さん。

こんな話、面白い？

こんな話のいったいどこがそんなに面白いの。

こんな話のどこを、どう料理すれば、美味しい小説になるのでしょう。

黒木ウメばあちゃんに、たずねてみたい気分です。

きょうはちょっと風邪気味なので、これから例の「葱・生姜・味噌」をつくって、飲んでから寝ますね。あしたの朝、あなたに会ったら、この風邪を全部、うつしてしまいたい。


おやすみなさい。

凪子

黒木陽介様

あと七日、あと六日、あと五日、あと四日、あと三日。

毎日、最低、十回はカレンダーを見て、そのたびに深いため息をついて、指折り数えながら、一月四日を待ちわびてきました。雪の封筒は、窓の外の雪よりもぶあつく、しんしんと降り積もってゆきます。どうする？　ものすごい数になってるよ、手紙。

でも、今夜は、あと二日。だから、あと二通。

あと二通で、会えますね。

ああ、どうしよう。あなたに会ったら、そのまま接着剤みたいにくっついてしまって、私、離れなくなるかもしれないよ。待ち遠しくて、待ち遠しいです。会いたくて、会いたいです。前略、中略、後略、会いたい。

年が明けてすぐに、こっちにもどってきました。実家には妹の家族が来ていたので、両親は、目に入れても痛くない、幼いふたりの孫娘に夢中で、私がそそくさと京都にもどってしまっても、特になんにも言いませんでした。持つべきものは、妹の子どもかな。

さて、本日は、重大な報告があります！

私、ついに、書き始めたよ。小説。そう、小説です。

黒木さんがあんまり熱心にすすめるから、ついに甘い言葉にほだされて、書き始めちゃいました。どこまで進んでいけるか、最後まで書けるかどうか、自信はまったくないんだけど、とにかく大海原に向かって、小舟を漕ぎ出したから。灯台さん、しっかり照らして下さいね。

一年の計はなんとやら、だと思って、元日の朝いちばんに、最初の一行を書きました。タイトルは『箱庭』と付けました。『わたしのなかの雑草』でもいいんだけど。

どっちがいいでしょうか。

　内容は、ずばり、あの話。黒木さんが面白いと言ってくれた「二枚の落ち葉の話」と、それからそこに、私の結婚と離婚のいきさつを交えて書こうと思っています。妹とのあれこれも味付けとして、どこかに加えようかなと思っています。今はまだ、書き始めたばかりだから、これからどうなるのか、もしかしたらストーリーは、思わぬ方向へ進み始めるのかもしれないし、海のものとも、山のものとも、つくともつかないとも、まだなんとも言えないのだけれど、ひとつだけ、今、はっきりとわかっていることはね。

　私、書いてて、すごく楽しいです！

　時間が、あっというまに過ぎていくの。

　黒木さんが言ってた通りだった。小説も、手紙とおんなじように書けばいいのね。書いていると、あなたに会えない時間がそれほど苦にならないの。まったく、とは言えないけど。少なくとも、書いているときだけは、安らかな気持ちでいられます。手紙も小説も同じね。書いているうちに、どんどん時が過ぎていく。寂しい気持ちが文字になって、昇華されていく。寂しい夜の影が言葉の光に照らされて、消えていく。私の涙が文字になって、蒸発していく。だから書くのをやめられない。そんな感じです。

黒木さんが言ってた通りだった。書いていれば、自然と前向きな気持ちになれるね。いやなこと、暗いこと、悩み、愚痴、文句、嫌いな言葉は極力、書かないようにして。

やっぱり写経と似てるのかなぁ。心を無にして、ただ、文字を綴っていく。文章を書いていく。書くというよりも、積み上げていくって感じかな。書かれている内容よりもむしろ、紙の上に連なっている文字が大切とでも言えばいいのでしょうか。きっと、書くという行為が大切ってことでしょう。

それからね、もうひとつ、少し前に黒木さんが言ってたこと。

「夕方や夜に急に時間がぽっかりできてしもて、凪子ちゃんに会いたくて、会いたくて、たまらんときがある。塾まで訪ねていこうかと思うたこともある。こっそりと、顔だけでも見たくて」

そういうときにも、ちゃんと会えるよね。もしも、私が将来、曲がりなりにも小説家になって、塾の仕事を辞めることができたなら。

朝、昼、夕方、夜、いつでも、黒木さんが「今、会いたい」と思ったときに、会える状態になれるよね。あなたが訪ねてきたいときに、いつでも来てくれて、そのとき私がいつでもここにいれば、会えるよね、私たち。

いつか、そうなれるように、がんばって、小説を書こうと思います。それが、私が小説家になりたいと思う、もっとも大きな、そして唯一の理由です。
それではこれから、便箋のかわりに、コクヨの原稿用紙に向かいます。
いつも、あなたに向かっていたい
凪子

6

もしもあの日、あのとき、あの人に出会わなかったら。

もしもあの人を、好きにならなかったら。

形はどうあれ、また、長くつづいたにせよ、すぐに終わってしまったにせよ、誰かと深い関係を結んだことのある人なら必ず一度は、いや、何度も、不毛だとわかっていながら発する問いかけ。

わたしも、例外ではなかった。何度も何度もくり返し、飽きるほど、すり切れるほど、性懲りもなく問いかけた。一緒に時を過ごしているときも、離れ離れになっているときも。

もしも黒木陽介と出会わなかったら、その後のわたしの人生は今よりももっと、幸福なものになっていたのだろうか。あるいはもっと、不幸になっていた？

答えはいつも、めまぐるしく変わった。幸せになったり、不幸せになったり、幸せになったり、不幸せになったり。まるで、朝が来て夜が来て朝が来るように、春が来て夏が来て秋が来て冬が来て、ふたたび春がやってくるように、答えは変化しながら、巡り巡るのだった。

今のわたしには、その訳がわかる。

もしも彼と出会わなかったら、わたしはもっと幸せになれた。もっと不幸になった。どちらも真実なのだ。なぜなら、幸福と不幸はどちらも同じ重さを持って、寸分の違いもなく重なり合っているものだから。どちらが欠けても成り立たないものだから。生と死のように、光と影のように。たとえば幸福を河であり、海であり、森であり、空であるとするならば、不幸は橋であり、船であり、樹木であり、鳥なのだから。

黒木陽介と出会って、好きになって、二年目の春が巡ってきた。

三十一歳の誕生日を間近に控えた、三月の終わりのある日。

わたしは、その年の元日から書き始めた作品を完成させることができた。曲がりなりにもはじめて書いた小説は、四百字詰めの原稿用紙に手書きで、合計百二十三枚の作品。タイトルは『箱庭』と付けた。

「すっきりして、ええ題やないか。どんな庭やろ？　思うて、読みたくなるよ」

彼がそう言ってくれたから、ほかにも色々と考えていた候補はすべてしりぞけて『箱庭』にした。

「それに、枚数が『123』なんて、なんとはなしに縁起もええやないか。よしよし、ようがんばったね。褒美は何が欲しい？　あしたの朝はぱぁっと威勢よく、前祝いをせなあかんな」

わたしから手渡された原稿用紙の束を、彼はしずしずと、表彰状でも受け取るようにして両手に掲げ、まぶしそうな目つきで見つめた。まるで自分が書き上げたかのように誇らしげな表情だった。

「前祝いって」

「決まってるやないか。新人賞受賞の前祝いや」

「そんな……無理よ。駄目で、もともとっていう気持ちで送るんだから」

送る雑誌は決めていた。百二十三枚という枚数は、その雑誌の募集基準、百枚から百五十枚までに合わせたものだった。

「アホやな。最初からそんな弱気でどうする？　凪子ちゃんはもっと自分に自信を持たなあかん。競馬と一緒や。勝負は強気で行かなあかん。心血注いで書いたんやろ。取れるに決まってる。俺が保証する」

「読んでもいないのに、保証してくれるの」

「疑《うたぐ》り深い子やなぁ。美味しい料理はな、食べる前から『わっ、美味しそう』ってわかるやろ、あれとおんなじや。せやけど読んだらもっと旨いんやろな。ああ楽しみや。きょうは一日、あちこちで仕事サボって、読ましてもらうで。おかげで忙しゅうなりそうや」

底抜けに明るく、彼は言った。

しかし、翌朝「読んだよ」と言いながら、原稿の束をわたしに返したとき見せた笑顔には、くっきりと斜めに、憂いの影が射していた。

「読んだというよりは、読めへんかったというべきか……」

そのあとに、深いため息がひとつ。

ある程度、予想していたことだったので、

「あんまり、よくなかったんでしょ？　どこが？　はっきり言ってみて。何を言われても気にしないから」

わたしも底抜けに明るく、問うた。純粋に、興味があった。好奇心を抱いていた。知りたかった。わたしの作品の唯一の読者である彼の感想を。

「うん、それはな。まぁ、なんと申しましょうか。なんと申せばよろしいのでしょうか。ご存じの通り、拙者は無粋で無学な粗忽《そこつ》者でして、この心情をどのように申し上げたらいいのか。拙者は悶々と、苦しんでおるのです」

　おどけた口調で、あたりに漂う空気を和らげておいてから、彼は言った。明らかに寝不足とわかる目をしょぼつかせながら。

「なんや、読んでるうちに、悲しうて悲しうてたまらんようになってきてな。泣けて泣けて、かなわんかった。こんなにも苦労して、こんなにもひどい目に遭《お》うてたんかと思うと、凪子ちゃんがあまりにも可哀想で、可哀想で……涙で目が曇って、途中から読めへんようになってしもたんや」

　わたしは拍子抜けした。

「なぁんだ、じゃあ、それなりによかったってこと？　面白かったのね、この作品」

「そういうことや、面白すぎて泣けたんや」

　ばんざーい、と、無邪気な歓声を上げて、彼に飛びついていき、太い首根っこに両腕をまわして、幼子のように抱きついた。純粋に、嬉しかった。彼に宛てて、はじめて書いたお礼状を褒められたときと同じ種類の喜びだった。

　けれど、その大きさが違った。桁違いに、大きかった。書き上げたとき、ひとりでしみじみと味わった喜びと満足感が彼に褒められたことによって、何倍にも膨らんでいるのがわかった。膨らんで、わたしの体を突き破り、今にも外にあふれ出てきそうだった。

　好きな人がいるという喜び。好きな人と一緒に過ごす喜び。好きな人をこの胸に抱き、その両腕に抱かれる喜び。わたしにとって、好きな人から褒められる喜びは、それらを遥かに凌駕していた。こんなにも圧倒的な喜びがこの世の中にはあったのだと知らされた。それ以降わたしは、ただただ彼に褒められたい一心で、取り憑《つ》かれたように、小説を書き綴ることになる。

『箱庭』は、わずか一年半で壊れてしまった、ある女の結婚生活を描いた作品だった。手紙では到底、伝え切れないと思った結婚と離婚のいきさつを、わたしは小説に書いて彼に伝えたかった。

　大学時代に知り合って、無我夢中で好きになり、卒業後ほどなく結婚した人は、大阪と京都のちょうど境目にある学園都市で酒屋を営んでいる、裕福な家の長男だった。ゆくゆくは家業を継ぐつもりでいたものの、両親が元気なうちは「ふたりで好きなように暮らそうね」と言い、夫は大学院に進み、わたしは父の期待に背いて専業主婦になった。その頃のわたしは「平凡で幸せな家庭の奥さん」にあこがれていた。

　酒屋の裏にある敷地の一角に、母屋と廊下で結ばれる形で、こぢんまりとした離れを建ててもらい、ままごと遊びのような新婚生活が始まる。離れには台所も風呂もなく、食事と入浴は母屋でしなくてはならなかった。玄関先には猫の額ほどの庭があって、主人公はその庭でさまざまな植物を育てる。庭の盛衰は、結婚生活の象徴として描かれる。三ヵ月も経たないうちに、専業主婦にもままごとにも飽きてしまった主人公は、みずから進んで酒屋の仕事を手伝わせてもらうことにした。最初のうちは事務や雑務に明け暮れていた。そのうち、お店に出て接客をしたり、人手が足りないときには配達などもするようになった。酒屋の仕事は楽しかった。義父は終始、主人公を可愛がってくれた。義母は徹底的にいじめた。一生懸命、働こうと働くまいと、いい嫁になろうと努力しようとしまいと、大切な息子を奪った主人公は、どうあがいても、義母の憎しみから逃れることはできなかったのだった。

この、姑の嫁いびりを、微に入り細に入り、克明に、執拗に、わたしは描いた。たとえば、四人で夕飯を食べたあと、主人公が食後のお茶を淹れて出すと、義母は「あら、あたしのお湯飲みが違うわ」と言って、みなの目の前で、湯飲みから、息子のご飯茶碗――空になっているけれど、少しだけご飯粒がくっついている――にお茶をばしゃっと移し替えてから、美味しそうにごくごくと飲む。たとえば、主人公が丹精して育てている庭の百合に、やっとのことでついた蕾《つぼみ》を「百合の花粉には、私も息子もアレルギーがある」と言って、ひとつ残らず鋏で切り取ってしまう。そんなエピソードを、これでもか、これでもかと積み重ねた。やがて、優しかった義父が亡くなり、夫には愛人がいることがわかり、主人公は泣く泣く離婚を決意する。愛人と夫のあいだには、赤ん坊が生まれていた。主人公が婚家を出ていったあと、義母はこれ見よがしに愛人と赤ん坊を迎え入れる。もしかしたらこの愛人は、義母が夫に引き合わせた女だったのかもしれないと、主人公は思う。離婚のごたごたの最中《さなか》に、主人公はみずからの妊娠に気づく。どうしても産む気にはなれず、悩みに悩んだ末、ひとり病院の門をくぐる。

麻酔から目覚めた彼女が目にしたのは、病院の裏庭に咲いていたまっ白な百合の花。いつだったか、義母に無残に切り取られた蕾がこんなところで、誰に愛でられることもない日陰で、見事なまでに咲き誇っていた。それが小説のラストシーンだった。

彼は言ってくれた。

「自信を持ち、これは傑作やで」

と、幾度も。

けれどもその朝、前祝いの宴と称して、彼が持ってきてくれたシャンパンをあけ、わたしのつくった洋風の朝食――具だくさんのオムレット、パンケーキ、フルーツサラダなど――をほろ酔い気分で食べているとき、彼はこんなことも言った。

「ただ、ひとつだけ気になるのはな、俺は凪子ちゃんの人となりをよう知ってるから、夢中で読んでわんわん泣けたし、これは大傑作やと思うけど、なんにも知らん人が読んだらどう思うか、やな。もしかしたらただ『可哀想な話やな』思うて、胸が苦しくなるだけかもしれん。暗い気持ちになるだけかもしれん。そこをどう越えるか」

「わたしのことをまったく知らない人にも、黒木さんと同じように、わかってもらえるように書かないといけないいってこと」

「いや、俺は素人やし、いけないかどうかまではわからへんよ。けど、うまいたとえを思いつけへんけど、たとえば、やで。胸が押しつぶされて、重苦しい気持ちになるようなモンを、人はわざわざ金を出して買って、読もうとするやろか。まるで、漬け物石みたいな重いモンを。世間の人々は、俺も含めて、漬け物石やのうて、漬け物の方が食べたいし、買いたいのと違うやろか。へんなたとえで悪いけど。ウメばあちゃんの漬け物と一緒や。重しは外して、中身だけ書いたらええのと違うか」

そのとき、わたしの頭のなかでページが一枚、捲れたような気がした。まさに、目から鱗が落ちるという感覚だった。

彼は、こう言いたかったのではないだろうか。漬け物石のように重い女の人生や経験を描くのではなくて、そんな女のなかに棲み着いている、わたしにとてもよく似た、似て非なる、得体の知れない軽い薄い、でも味だけは濃い漬け物のような女を描けばいいのだ、と。

漬け物石ではなくて、漬け物のような小説。

「なるほど、いいこと言うねぇ。黒木ウメばあちゃんの漬け物小説か……」

心から、感嘆していた。とはいえ、ではそのような作品を書くためにはいったいどうすればいいのか、書き上げたこの作品を直すべきなのか、直すとすればどこを、どのように直せばいいのか、具体的なことはまだ何もわかっていなかった。

わからないなりに、わたしは『箱庭』に手を入れ始めた。

すぐに気づいた。細部を直せば、それは結局、全体に及んでいくのだということに。ひとつの言葉を直せば、それはその一行を直すことになる。一行を直せば、それはその一行を含むひとつの段落に影響を及ぼす。一段落を直せば、それはその次の段落に、さらに次の段落に、そしてその章全体へ、と、まるで水面《みなも》に広がる輪のように、波紋は波紋を呼んで、大きくなっていく。小説を湖とするならば、一語は一個の石なのだ。石を積み重ね、石を崩し、時には石を投げる。時には捨てた石を拾い、丁寧に磨く。

そうやって、最初から最後まで、細部から全体まで、句読点にもこだわって、せっせと書き直した。できるだけ主人公を突き放し、自分から切り離し、嫁いじめのエピソードはつとめて明るく書いた。面白おかしく、ユーモアを交えて。石の重みができるだけ軽くなるように。

三ヵ月ほどかけて書き直した作品を、別の雑誌の新人賞に応募した。当初の目標としていた雑誌の〆切には間に合わなかったからだ。

一ヵ月半後、発売された雑誌には「第一次選考の結果」が掲載されていた。無数の名前のなかに「有島凪子」は見当たらなかった。

「しゃあないな。あっちに見る目がなかったということや」

黒木陽介は残念会を開いてくれた。前祝いよりも豪勢な朝食を、腕によりをかけてこしらえてくれた。わたしの好物のオクラのおひたしや、鰤《ぶり》の幽庵焼きや、ウメばあちゃんのぬか漬けが食卓に並んだ。蛤《はまぐり》のお吸い物、山菜おこわとともに。

「せやけど、あきらめたらあかんよ。まだまだこれからや」

そう言って、彼はわたしに、美しい和紙でできた封筒をプレゼントしてくれた。

「わぁ、きれいねぇ」

春の野原をイメージさせる小花模様と、秋の七草が押し花のように散らされている模様の二種類。どちらもＡ４の大きさ。つまり彼は「この封筒に原稿を入れて、出版社に送るといいよ」と言いたかったのだろう。

「こんな素敵な封筒、どこで見つけたの？　もったいなくて使えないわ」

中京区にある老舗の和紙専門店で見つけたんや、と、彼は教えてくれた。そこの店長とは親しい間柄なんや、とも。

その朝、彼が贈ってくれた封筒は、合計二十枚。

二十枚が十八枚に、十五枚に、十枚に減っても、わたしの小説が彼以外の人の目に留まることはなかった。

残りの封筒が九枚になっていた頃、わたしは『箱庭』のほかに『部屋』という作品も書き上げていた。これは十代の頃、一時期、同じアパートで一緒に暮らしていた妹とのあいだに起こった出来事や悲喜こもごもを描いた作品だった。

ふたつの作品をかわるがわる書き直して、さまざまな雑誌に送った。落選するたびに、どこかを書き直したり、長くしたり、短くしたりして。空しいのか空しくないのか、やり甲斐があるのかないのか、わからないような小説の手直しと並行させて、わたしは、好きな作家——飛行機事故で亡くなったばかりの女性作家だった——の作品を、ひたすらノートに書き写す、という作業にも没頭していた。それが自分の執筆に役立つのか、役立たないのか、わからないままに。彼曰く「修業ノート」は、二冊に、三冊に、四冊に増えつづけた。

いつか小説家になって、書く仕事だけで生計を立てられるようになれば、学習塾の仕事は辞め、わたしはいつでも、彼が「会いたい」と思ってくれたときに、あるいは、彼の時間がぽっかりと空いたときに、ふたりの時間がつくれる。だから、小説家になりたい。きっとなりたい。それがわたしにしかできない愛し方なのだ。小説家になって、わたしは一生、彼に宛てた手紙のような小説を書きつづけていきたい。その思いだけは変わることがなく、落選を重ねるごとに、強まるばかりだった。

その年の秋、ある雑誌の「二次選考通過者」に名前が残った。わたしの名前は一文字だけ、間違われていた。「有島凪子」が「有島風子」と記載されていた。

雑誌を開いてその名を指さして見せると、黒木陽介は笑った。

「凪子ちゃん、いっそのこと、これ、ペンネームにしたらどや？　そのうちどこかから、風が吹いてくるかもしれんで」

こうして、わたしのペンネームは「有島風子」になった。有島風子の『部屋』は二次選考には残っていたものの、最終候補に残った人の名前の頭についている★印は、なかった。

小説の方はそんなふうに、ぶあつい壁にぶつかっては砕け、為す術もなく項垂《うなだ》れていたけれど、ふたりのあいだには、穏やかで、あたたかで、優しい時間が流れていた。わたしはもう、寂しい夜を寂しいとは思わなくなり、めそめそ泣きながら彼を求めることもなくなり、わたしたちはまるで長年連れ添った老夫婦のように仲睦まじく、毎朝、朝食のテーブルを囲んで、和気藹々《あいあい》と過ごした。ときには欲望に身を任せ、狭い部屋に敷いた狭い布団のなかでひしと抱き合って、真昼の別れを惜しむこともあった。それは、あしたの朝また会えるという確信に支えられた別れでもあった。

小説の果たしている役割は、想像以上に大きかった。わたしにも彼にも、互いをじっと見つめるほかに、ふたりで一緒に「同じひとつのもの」——それがわたしの書く小説だった——を見つめる時間がある、ということがわたしたちを幸せにしていた。互いに互いを見つめ合うばかりでいたなら、ふたりの関係はもっと早く壊れていたのかもしれない。子どもが夫婦のかすがいとなるように、小説はわたしたちのかすがいとなってくれていた。

黒木陽介と巡り合って、三年目の初夏。

有限会社「紙の雪月花」謹製の封筒が残り五枚となった、五月の終わりのある日、東京から「まなびや若葉」に電話がかかってきた。有島風子の『部屋』が、新人賞の最終候補に残っている、ということを知らせる電話だった。昼間の連絡先として、わたしは職場の電話番号を記しておいたのだった。

電話を取ったのは、わたしだった。午後三時過ぎ。麗らかな初夏の陽射しに包まれた事務所では、先生たちが授業の予習をしたり、テストの採点をしたり、お茶を飲んだりして、思い思いの時間を過ごしていた。わたしは、小学五年生の生徒たちが書いた作文を添削していたところだった。

「白藤《しらふじ》と申します。有島風子さん、いらっしゃいますでしょうか」

一瞬、誰のことかと思った。思わず「少々お待ち下さい」と言いそうになるのを抑えて「はい、私ですが」と答えたとき、胸のなかで、心臓が鯉のように飛び跳ねる気配を感じていた。文芸雑誌『ひびき』の編集者、白藤承平《しょうへい》は、最初から最後まで、わたしをペンネームで呼んだ。最終候補に残りました、と、さらりと告げたあとの彼の口調は一貫して、厳しいものだった。

白藤承平によれば、わたしの作品『部屋』は、

「まだ全然、小説になっていないと思います。つまり、小説以前の作品と言えますね。言い替えますと、箸にも棒にもかからない。小説の周辺をうろついているに過ぎず、

そのなかに踏み込んでいるとは言えません」

それなのに、なぜ？　訝しく思いながら、相槌を打った。

「はい……」

それなのに、最終候補に残った理由を、白藤はこう語った。関西の言葉を聞き慣れたわたしの耳には、慇懃無礼にも聞こえる標準語で。

「いやぁ、実は、有島さんは運が非常にいいんです。決め手は、封筒です」

「はぁ？　封筒ですか」

「ええ、そうです。封筒です。有島さん、雪月花の封筒で応募されてたでしょ？　あの封筒で原稿を送ってこられるのは、僕が担当させていただいている結城《ゆうき》先生しかおられないんですよ。しかも、段ボール箱のなかに詰め込まれていた応募作品の一番上に、偶然、有島さんの封筒がのっかっていたんです。で、その近くを通りかかったとき、僕は『あれっ、なんで先生の大事な御原稿がこんなところに……』と思って手に取りまして、それであなたの作品を読むことになったわけです」

「そうだったんですか」

「封筒が取り持つご縁ですね。せっかくだからと思って読んでみたら、まぁ、悪くはなかった。もちろんさきほども申し上げた通り、まだまだ小説にはなっていない。けれど、新人の書いたものにしてはまぁ上出来です。直せばなんとかなるかもしれないし、もしくは、新たなものを書いていただくのがいいかもしれませんが、それはともかくとして、とにかく僕の判断で、とりあえず最終候補に残させていただいたという次第です。あの封筒を僕が目にしなかったら、おそらく作品は箱のなかに埋もれたままだったでしょう」

受話器を握りしめて、思った。ああ、一刻も早く、彼にこのことを伝えたい。あしたの朝まで、わたしは待てるだろうか、と。

「ありがとうございます。すごく嬉しいです」

喜びに声をふるわせているわたしに、白藤はあくまでも冷静に言った。

「あとは、最終選考をなさる先生方がどう判断なさるか、ですね。はっきり申し上げて、僕は無理だと思います。でも、今回、賞が取れなくても、次回がありますし、あるいは徹底的に書き直していただいて、佳作か優秀作として、雑誌に掲載するという方法もあります。よろしければ、そういった形で、今後もおつきあいいただけたらと思っています」

ビジネスライクな言い方だった。特に心がこもっているとは思えなかった。一方のわたしは、全身全霊で答えた。

「願ってもないことです。ありがとうございます。どうかよろしくお願い致します」

「話が前後しますが『部屋』はね、文章はいいんです。かなり磨かれていると思いました。よく推敲されたと思います。敬意を表します。着眼点もなかなかいい。姉妹の確執。もつれ合う姉妹愛と恋愛。テーマは決して目新しくはないが、悪くもないです。人物像は、そうですね、これはまだまだ熟考の余地ありです。が、そのあたりのことは、書き直せばなんとでもなるでしょう。ただ、もっと大きな観点から批評すれば、なんと言えばいいのかな、傷口が傷口として提示されているだけだという感が拭えなかったですね。小説は、提示じゃない。そこからもう一歩、深みへ首を突っ込んでいかないと。この小説の最終行から、本当の小説が始まるのかもしれないですね。傷口を描くのではなくて、そこから流れ出している血液を使って、もっと深い大きなフィクションの傷を書く、ということでしょうか。そして書いたあと、作者は潔く立ち去っていかなくちゃならない。ずいぶん偉そうなこと言ってますよね。でも、そんなことを思わせてくれる作品には、なかなかお目にかかれないものなんですよ」

最後の言葉だけがかろうじて、褒め言葉のように聞こえた。

「読んでいただけただけで嬉しいですし、光栄です。これから、一生懸命、努力したいと思います」

思わず知らず、机に向かって、深くお辞儀をしていた。何度お辞儀をしても、足りないような気がした。

その日の授業は、四時半から始まる小学部がふたこま、六時半から始まる中学部が三こま、九時半までみっちり詰まっていた。疲れは微塵も感じなかった。まるで両手を離して綱渡りでもしているようなふわふわとした気持ちで教室から教室へと移動し、浮かれた気分のまま階段を昇り降りし、七福神のえびす様のような顔で授業をした。宿題を忘れた生徒にも、うるさく騒ぐ生徒にも、優しく接することができた。

「きょうは先生、えらいご機嫌やな」

「先生、なんかええこと、あったんか」

「彼氏でもできたんか」

「できたんやったら、大事にしぃや。最後のチャンスかもしれんで」

などと、中学部の男子生徒たちから、からかわれたりもした。

午後九時三十六分か、七分。

最後の授業を終えて事務所にもどってくると、無人のオフィスで電話のベルが鳴り響いていた。小走りにデスクのそばまで行って、受話器を取り上げた。

「はい。『まなびや若葉』です」

「もしもし、先生か？　有島先生」

つかのまの沈黙のあと、わたしは答えた。

「ああ、黒木くんね。栄介くん、久しぶりね。元気なの」

平静を装って、話しかけた。黒木栄介と話すのは、ほぼ一年ぶりか。高校生になってから、ときどき事務所に顔をのぞかせていることはあったものの、挨拶をする程度で、話らしい話はしていない。彼の父親とは毎日のように会って、積もる話をし、ときには熱い肌を合わせている、にもかかわらず。

「ううん、あんまし、元気やない、だるいねん、なんや、この頃」

まな板の上に置いた気持ちを、一語一語、包丁で切るようにして、栄介は言った。ぼそぼそとした低い声だった。そのあとに、意を決したような強い言葉がつづいた。

「あのな先生、これから会ってもらえへんか。話があるねん。今からそっちへ行くし。五分か十分で行けると思うし。話があるねん」

話がある、と、二度くり返された。

「どんな話」

わたしは明るく問い返した。普段なら気にかかることがその夜は、気にかからなかった。東京からかかってきた電話のせいで、気分が浮かれていたから。

「……」

栄介の無言に対しても、何も思いやることができなかった。

「話なら、今この電話で聞くから。何」

「電話では話せへん。会いたいねん、先生に」

その言葉にこもっていた必死な思いを、わたしは感じ取ることができなかった。それよりも何よりも、あしたの朝「黒木さんに会いたい」という気持ちの方が大きかった。無論、栄介からのこの電話のことは、あした、黒木さんに会ったら報告しなくちゃ、そんなことも思ってはいたけれど。

軽い調子で、わたしは訊き返した。

「どうしたの？　もしかして、失恋でもしちゃった？　だから恋愛の大先輩の意見が聞きたい？　アドバイスが欲しい？」

「それもあるけど……なんで先生にわかるんや、そんなことが」

今まで、女友だちや女子生徒の恋の悩み相談には何度も乗ったことがあった。男の子のそれには一度も乗ったことがなかった。

「失恋？　そりゃあ、わかるよ。経験者だもの」

そのあとに、失恋につける薬は「時間よ」と言おうとして、やめた。電話を長引かせたくなかった。

「ね、黒木くん、今夜はもう遅いし、あしたにしよう。あしたの夕方でよかったら、中学部の授業もないし、まとまった時間つくれるから、学校が終わったらまっすぐ事務所においで。ね、そのとき話そう」

栄介は懸命に食い下がった。

「どうしてもあかんか？　今から行ったら、あかんのか」

「ごめんね、仕事が終わったばかりで、すごく疲れてるの。……ごめん」

「謝ってなんか欲しくない。もうええ。電話しただけ無駄やった」

怒ったように、栄介は言った。そのあとに、突然がっくりと項垂れたようなひと言がつづいた。

「わかってくれる人なんて、どうせおらへん」

「そんなことない。あしたなら大丈夫って言ってるじゃない」

ちょっと冷たい声になっていたかもしれない。電話の向こうで、栄介が深いため息を漏らしたのがわかった。それでもわたしはまだ、気づくことができなかった。彼の抱えていたものの深刻さに。彼の立っている場所の危うさに。

「じゃあ、あしたね。あしたの夕方ね、ここで待ってるから。あしたね」

畳みかけるように言って、先生が生徒に言い聞かせるようにして、電話を終えた。

神様は人がもっとも気づきにくいときを狙って、ぶあつい本のページを捲る。一生、忘れることができなくなる、一生、後悔することになる、大切なものをすべて失ってしまうことになる、まっ赤な血液の滴る、重い錨《いかり》のような電話の受話器は、一枚のまっ白な紙のように軽かった。

7

あれは、今から三年ほど前、わたしが五十歳のときの出来事だった。

雪深い北国の村を舞台にした作品を書くために、わたしは時にはひとりで、時には編集者や写真家と一緒に、月に一度か二度、日本海沿いにあるその寒村を訪れていた。羽田空港から飛行機に乗って、空港からはレンタカーを借りて。泊まる日もあれば、日帰りのこともあった。

秋のはじめだったか、その日は女性編集者とふたりで、午前中に予定していた取材を済ませたあと、遅めの昼食をとるために、最寄りの駅の近くにあった一軒のレストランに入った。外国の絵本などに出てきそうな、三角屋根の白い家。窓辺や赤いドアに飾られているフラワーバスケット。いかにもメルヘンチックな店の外観は、あたりの寂しげな景観から浮いていた。和風ハンバーグ、オムライス、海老フライ、スパゲティナポリタン、シーフードグラタン。いずれも、サラダと珈琲付きで九百八十円。

そんなランチメニューを出している、いわゆる洋食レストランだった。

花柄のテーブルクロスの掛けられた、窓際のテーブル席に着いて向かい合い、わたしはグラタン定食を、編集者は海老フライ定食を注文し、終えたばかりの取材や作品にまつわる会話のつづきを始めていた。

その途中で、

「あ、気をつけて下さい。蜂です。蜂が……」

椅子から腰を浮かせて、彼女はわたしに注意を促した。

一匹の蜂がわたしたちのテーブルの近くまで飛んできて、ちょうどわたしの肩に止まろうとしているところだった。

メニューを広げ、何を注文するか思案していたときから、気づいていた。外から店内に紛れ込んでいたのだろうと思われる蜂がかすかな羽音を立てながら、あたりを飛び回っていることに。刺されたらどうしようとか、蜂が怖いとか、そんなことは思っていなかった。なぜならその蜂はすでに、かなり弱っているように見えたから。

やがて蜂は、わたしの目の前にあるガラス窓の表面に止まった。

「大丈夫よ、外に出してあげるから」

蜂と編集者の両方に声をかけて、わたしはテーブルのそばの窓をそっとあけた。縦長の、上下に開閉するようになっている格子窓。蜂は窓ガラスを伝って、降りてきた。この窓の向こう側には「自分の帰るべき場所」が、あるいは「本来棲むべき世界」が広がっていると、蜂は本能で察知していたのだろうか。

「よかったですね、外に出られて」

彼女もまた、蜂とわたしの両方に対して、にっこりと微笑んだ。その直後に、わたしたちはほとんど同時に「あっ」と声を漏らした。見合わせたふたりの笑顔は微妙にゆがみ、ゆがんだまま固まってしまった。

格子窓の外側にもう一枚、ぶあつい窓ガラスがはまっていたのだ。磨き込まれていたせいで、まったく気づくことができなかった。蜂がその表面に止まってはじめて、そのガラスの存在に気づかされた。二重のガラス窓。これから訪れる長い酷寒の季節を乗り切るために、この地方の人々の編み出した生活の知恵なのだろうか。

見ると、二枚のガラスのあいだには、わずか五センチくらいのすきまがあるだけだ。内側の格子窓は単なる飾りのようで、下から十センチほどしかあかない設《しつら》えになっている。なかに手を差し伸べることは、到底不可能だ。向こう側のガラスは、外から打ちつけられているものらしく、なかからも、おそらく外からも、あけることはできない。つまり蜂は、ガラスとガラスに挟まれた、うすくて平べったい長方形の空間に、閉じ込められてしまったことになる。

「どうしよう……」

ガラス越しに蜂に顔を近づけて、わたしはつぶやいた。

「このままじゃ、なんだか可哀想ですね」

彼女も同じように顔を近づけた。

「うん、すごく可哀想なこと、しちゃった。どうしよう」

蜂はさっきから、長方形のガラス窓の下から上へ、上へ、上へ、閉ざされた窓の最先端まで、這い上がっては一直線に滑り落ち、滑り落ちてはまた這い上がる、空しい行為をくり返している。ガラスの向こうには、初秋の青空が広がっている。

「お店の人に知らせましょうか」

彼女はそう言いながら、ほとんど満席に近い店内に視線を巡らせたあと、

「知らせない方がいいかも。知らせたってどうせ、死ぬだけですよね」

囁くように言って、わたしの顔を見た。「そうね」と、わたしも力なく返した。仮にこのすきまから抜け出すことができたとしても、できなかったとしても、店の人に見つかれば、殺虫剤か何かで殺されてしまうことは必至であるように思えた。

「仕方がないですね、だったらこのままにしておきましょうか」

「どうしようもないね。可哀想だけど」

気休めに過ぎないとは思ったけれど、格子窓は、あけたままにしておくことにした。

「運がよければ、自分の力でもう一度店のなかにもどってきて、そのあとで、誰かがドアをあけたとき、一緒にドアの外に出られるでしょうか」

「そうなって欲しいけど、ほとんど奇跡に近いことよね、それは」

わたしたちはテーブルに届けられた料理を食べながら、何度も何度も窓の方を見ては、ため息をついた。蜂は懸命に、一心不乱に、ガラス窓を上下に行き来していた。

それからおよそ三ヵ月半後、その年の暮れに、わたしはふたたび同じ店を訪れる機会を持った。

太陽は低い位置に昇っていた。路面も空気も風も、すべてが凍りついているような寒い日だった。時刻は、十一時過ぎ。午後からの取材に備えて、軽く食事をしておこうと考えた。いや、そうではない。あのときの蜂がどうなっているか、この目で見届けたかった。だから店員に頼んで、前と同じテーブルに着かせてもらった。

席に着くなり、ぶあついガラス窓と飾りの格子窓——もと通り、下まで降ろされていた——のすきまに目をやった。探すまでもなかった。蜂はそこにいた。そこで、死んでいた。窓と窓のあいだの桟の部分に、前足を胴体に抱え込んでいるような格好で、丸くなって、息絶えていた。その死骸はいかにも軽そうに、乾いているように見えた。たとえば手で触れたなら、カサッと音を立てて粉々に砕けてしまう落ち葉のように。

水を運んできた店員に注文の品を告げたあと、さらに顔を近づけ目を凝らして、蜂を見た。わたしが殺したことになるのかもしれない、その蜂を。「ごめんね」と、心のなかで声をかけながら。

ごめんね。可哀想なことをしてしまって。

次の瞬間、わたしは蜂から不意打ちを食らった。なぜなら、わたしに殺された蜂の顔は、満足げに、微笑んでいるかのように見えたから。それはまさに、幸せな死に顔、と言ってもいいような表情だったから。

ああ、この蜂は――

この蜂は――

この蜂はあの頃の、わたしだったのかもしれない。思うと同時に、否定した。違う、そうではない、この蜂は「わたしたち」だった。あちら側とこちら側を隔てる、ぶあついガラスの窓と格子窓のあいだの、あちら側でもないこちら側でもない、わずかなすきまで残された生を生き、餓え、渇き、力尽きて死に、死んでなお幸福な笑顔を保ちつづけているこの蜂は、わたしたちだったのだ。

胸を突き刺されていた。かさかさに乾いた蜂の針で。十八年前に別れた、別れを余儀なくされた黒木陽介その人に。彼と過ごした日々の優しさと、せつなさと、虚しさと、残酷さに。

その朝のことは、まるできのう書き上げたばかりの物語の最終章のように、あるいは、きょう書き始めたばかりの物語の冒頭のように、あざやかに、白い紙の上に甦らせることができる。

東京の出版社が発行している文芸雑誌『ひびき』の編集者、白藤承平から「新人賞の最終候補に残っています」という電話をもらった夜。職場から部屋にもどり、夜食もお風呂もあと片づけなども済ませ、パジャマに着替えて布団に入ったものの、あまりにも膨らみ過ぎている喜びと期待のせいで、わたしはなかなか寝つくことができなかった。

ああ、早く、知らせたい。

あの人に、黒木さんに、このニュースを。

電話をかけて知らせたいとは、露ほども思わなかった。わたしから黒木陽介に、彼の家や職場にわたしからは決して電話をしない。それは、ふたりがつきあい始めたばかりの頃に取り決めた約束事であり、すっかり馴染んだ習慣のようなものでもあった。朝になったら会える。朝までの辛抱。それがふたりの合い言葉だった。

真夜中の一時過ぎ。仕方なく起き上がって、パジャマの上にカーディガンを羽織り、ダイニングテーブルのすみっこに並べてある酒瓶――それらはみな、彼が買ってきたり、ゴルフ大会の景品やと言って持ち帰ってきたりしたもの――のなかから、封を切ったばかりだったボンベイサファイヤ・ジンを抜き取って、グラスにばしゃっと注いだ。

それから冷蔵庫をあけて、奥の方に押しやられていたレモンを取り出して半分に切り、フォークを差し込んで回しながら搾った果汁を、ジンの上に垂らした。

「即席ギムレット。ほんまはな、ライムでつくるのが正統派なんや。せやけど、レモンでもオレンジでも柚《ゆず》でも、柑橘類ならなんでも行けるよ。シェイカーの代わりにフォークでぐるぐるしてな」

いつだったか、彼が教えてくれたカクテルもどきをつくって、ごくごく飲んだ。飲んだというよりも、喉に流し込んだというのが正しい。お酒の力を借りて、一刻も早く眠ってしまいたかった。この夜が明ければ、彼はここに、わたしのもとに、もどってくる。いつものように「ただいま」と、ここにもどってきた彼に、わたしは朗報を告げることができる。この朗報を聞いたとき、彼はどんな顔をして、どんな表情になって、どんな声を上げて、喜んでくれるのだろうか。その瞬間のことを思うと、わたしの胸は息苦しいほどに高鳴るのだった。

　鎮めるために、二杯目のギムレットをつくって、飲んだ。三杯目でやっと、体が熱くなってきた。四杯目と五杯目はストレートで。

　六杯目を最後の一滴まで残さず飲み干したとき、足もとから背筋を伝って這い上がっていった酔いが頭のてっぺんまで到達したあと、一気にストーンと落ちてきたような感覚があった。その直後に、わたしはおそらく布団の上に倒れ込み、正体をなくしてしまっていたのだろう。

　目覚めたとき、キッチンには彼が立っていた。部屋にはふくよかな昆布だしの香りが満ちていた。書き物をするとき使っている椅子に、彼の上着が掛かっているのも見えた。上品なオリーブ色の麻のジャケット。

「起きたんか。おはようさん。ゆうべはだいぶ派手に飲んだくれてたようやな。この不良娘め」

　彼は洋服を着たまま、まだ布団のなかにいるわたしの傍らに、大蛇のように身を滑り込ませてきた。半袖のポロシャツから、機械油と煙草の混じったような匂いがした。

わたしの好きな、わたしを安堵させてくれる、親しみ深い匂い。いつもなら、そこに鼻先をくっつけて、犬のように嗅ぎたくなる、その匂いを嗅いだ瞬間、強烈な吐き気に襲われた。

「あっ、ごめんなさい……」

あわてて布団から出て、お手洗いに飛び込んだ。便器のなかに、少しだけ、吐いてしまった。始末をし、ついでに洗面を済ませて外に出ると、彼は扉の近くに立って、わたしが出てくるのを待っていた。

「大丈夫か」

いつもの優しい問いかけだった。顔つきは不安で曇っていた。ふと、彼はわたしの妊娠を疑っているのだろうか、と思った。それはわたしにとって、ありえないことであり、あってはならないことでもあった。

「うん、大丈夫。吐いたらすっきりした」

「やれやれ、困った子やな。どないしたんや。そないになるまで飲んでからに。やけ酒か」

明るい声に心配を滲ませてそう言った恋人に、わたしは幼子が体当たりをするようにして、飛びついた。「違うの」。抱きついたまま、息を弾ませて言った。

「あのね、黒木さん、実はビッグニュースがあるの！　ね、なんだと思う？　当ててみて」

「ビッグニュース？　さぁ、なんやろな？　なんなんや？　おいおい、まさか、まさかのまさかやないやろな」

「当たり、そのまさかのまさかなの」

言いながら体を離して、彼の腕を摑んだまま、その顔をまじまじと見つめた。彼は目をまん丸に見開いて、わたしを見つめ返しながら、ちょっと惚《ほう》けたように問うた。

「嘘ぉ？　まさか、宝くじにでも当たったん？　一等賞？　ほんまか？　まさか……凪子ちゃん、ほんまに当たったん」

問いかけた口調は無邪気な少年のようだったけれど、答えを待っている彼の表情は、ぴんと張り詰めた糸のような緊張感を孕んでいた。「宝くじ」という言葉は、わたしたちのあいだでは「新人賞」を意味していた。いつだったか、わたしが「新人賞を取るなんて、宝くじに当たるようなものよ」と言って以来。

「まだ、正真正銘の『当たり』じゃないんだけど、限りなく『当たり』に近づいていっていると言えばいいのか……」

笑いながらそう言って、わたしは寝室に駆けもどり、布団の上にごろんと寝転がった。仰向けになって、両腕をVの字に広げ、おいでおいでと彼を誘った。大きな声で。

「来て、ねえ、ここに来て、早く」

「なんやねん、いったい。焦《じ》らさんと教えてぇな」

狐につままれたような顔つきで、わたしの体の上に覆いかぶさってきた彼をしっかりと抱きしめて、耳もとで囁いた。

「あのね……ゆうべ、東京から、電話がかかってきたの」

すみからすみまで覚えている電話の内容を、かいつまんで、わたしはしゃべった。早口で、ところどころで白藤承平の言葉を引用しながら。

「ひやぁ」

今度は、彼が大声を上げる番だった。

「ほんまか、ほんまなんか、それはすごいな、でかしたな、とうとうやったな、やってくれたな、凪子ちゃん、すごいすごい、ほんまにすごい」

彼はわたしの体を抱き起こしながら立ち上がると、脇の下に両手を差し込んで、幼い子どもに「高い高い」をするようにして、持ち上げた。嬉しくてたまらない。どうしてくれる？　いったいどうしてくれる？　この喜びを、いったいどうすればいい？

今にもそんな声が聞こえてきそうだった。

「よかったなぁ、よかったなぁ、うん、ほんまによかった。八百万《やおよろず》の神サンに感謝せなあかんな。いや、これは凪子ちゃんの実力や。神サンとは関係ない」

彼のまぶたから、嬉し涙が今にもあふれそうになっていた。彼は新人賞へのノミネートを、まるで自分のことのように喜んでくれていた。実際のところ、それは彼の喜びそのものだったに違いない。

愛されている、と、思った。わたしのために、涙を流してくれる人がここにいる。同じ部屋のなかに――ガラスとガラスのあいだに――いる。このことこそがわたしの幸せの源泉なのだ、と。

ひとしきり喜び合ったあと、一緒に朝ごはんをつくって、食べた。湯豆腐と、納豆と、ご飯にお漬け物。わたしがまだ寝ているあいだに、彼の取っていた昆布だしは、湯豆腐のためのもの。薬味は、葱と生姜のみじん切り。余った葱と生姜は納豆に交ぜて。冷蔵庫のなかをのぞきながら、塩鮭も焼いたろか、と、彼は言った。わたしは吐き気が残っていたので断った。大根おろしだけ、食べた。

「ま、今朝は前夜祭みたいなモンやしな。あしたの朝は、赤飯炊いて、盛大な祝賀会をせなあかんな。どっかでシャンパンでも買《こ》うてきてやろ」

食事をしながら、わたしは彼に乞われて、ふたたび、白藤承平からかかってきた電話の詳細を話して聞かせた。彼がわたしにプレゼントしてくれた雪月花謹製の封筒によって、わたしの投稿原稿が陽の目を見ることになったという話もしたし、作品に対する白藤のコメントも、記憶に残っていることはすべて、話した。白藤の口調を真似て再現しながら。白藤が話の途中で何度か「風子さん」と、わたしを呼んだことも含めて。それに対して彼は、さまざまな質問をしたり「生意気な奴《や》っちゃな」と「東京モン」を茶化してみたり、冗談や皮肉を挟んだりもした。「よう言うなぁ。そこまで言うか。ほんまに、わかっとんのかいな」「キザな野郎やなぁ」「そいつ、凪子ちゃんに、気ぃがあるんと違うか」――

楽しい会話だった。言葉が舞い踊っていた。箸も気持ちも笑顔も弾んでいた。花火のようにぱちぱちと、弾《はじ》けていた。

嬉し過ぎて、ゆうべはどうにも眠れそうになくて、ジンを飲み過ぎてしまったの、と言うと、彼は「わかるわかる」と、うなずいた。

「そんな電話がかかってきたら、そら誰かて、寝られへんようになるわな」

「でしょ」

「俺やったら、裸になって表へ飛び出して、走り回るかもしれん」

「えーっ、裸で」

「そや、裸踊りするねん。月夜の晩に吠えながら」

楽しい会話だった。朝の光のなかで、ふたりの言葉と声と気持ちがきらめいていた。

だからわたしは「そんな電話」のあとにもう一本、かかってきた電話があったことをすっかり忘れていた。退社間際に、彼の息子から塾にかかってきた電話のことを。


――電話では話せへん。会いたいねん、先生に。

――どうしてもあかんか？　今から行ったら、あかんのか。

――謝ってなんか欲しくない。もうええ。電話しただけ無駄やった。

――わかってくれる人なんて、どうせおらへん。


なぜ、忘れてしまっていたのだろう。なぜ、思い出すことができなかったのか。両親にも先生にも友だちにも話せないけど、なぜか塾のあの先生になら話せそうな気がすると、一縷《いちる》の望みをかけていたのかもしれない電話。もしも思い出すことができていたなら、もしもそのことをその朝一番に、彼に伝えることができていたなら。

なぜ、なぜ、なぜ。それから長く、きりもなく長いあいだ、わたしはくり返し、くり返し、自分を責めることになる。責めても責めても責め足りないような気持ちで、なおも責めつづけることになる。自分自身の喜びと幸福で、頭も心もいっぱいになってしまっていたわたしが見過ごしてしまったもの。あまりにも大きな、かけがえのない存在。


「じゃあ、今からする？　裸踊り」

わたしたちは食事のあと片づけを済ませたあと、ふたたび布団のなかにもどってあたふたと衣服を脱がせ合い、二匹の犬のようにもつれ、じゃれ合った。互いの体を舐め合ったり、匂いを嗅ぎ合ったり、文字通り、盛りのついた犬のように。じゃれ合いが発展して、人と人の交わりになることもあれば、じゃれ合いの途中でどちらかが出かけなくてはならない時間になり、あきらめて、どちらかが先に衣服を身に着け始める日もある。その朝は、前者だった。

終わったあと、うしろから抱きついて、背中に頬を押し当てたまま、

「ねえ黒木さん、さっき、わたしが吐いてたのが、たとえば、悪阻《つわり》とかだったらどうするつもりだった？　新人賞じゃなくて、わたしが妊娠してたら……やっぱり、困る？」

冗談めかして問うたわたしに、黒木陽介はふり向いて、真顔で答えを返してきた。

「いや、それはな、実はいつかはちゃんと、話さなあかんと思うてたんやけど、ええ機会やから今、言わしてもらうと……」

そこで咳払いがひとつ。何か重要な話が始まろうとしていると感じて、身をかたくしているわたしの耳のなかに、彼はあの、日だまりをそのまま溶かし込んだような声を注いだ。

「もしも、いつか、子どもを授かったらな、ふたりで育てようと思うてるんや。凪子ちゃんに苦労はかけへんよ。俺がなんとしてでも守るから」

「ええっ」

素っ頓狂な声が出た。驚いて、わたしは彼の顔を見た。驚きが大き過ぎたせいか、まともに顔を見ることができなくて、彼の喉のあたり、突き出した喉仏のあたりを見つめていた。今まで一度も、思ってもみなかったことだった。想像も仮定もしたことがなかった。

子ども？　ふたりで育てる？

「いやか」

低い声で、彼はそう言った。それはわたしへの問いかけではなかった。彼は自分で自分に問いかけて、自分で答えた。

「そら、いややろな。いやに決まってるわな。未婚の母になるなんてな、そんなん、俺の勝手な願いやと重々わかってる。堪忍な、忘れてくれてええよ」

そんな言葉の途中で、彼はわたしの頭を胸のなかに抱え込んだ。切実な思いが伝わってきた。なんと答えたらいいのか皆目わからなくて、わたしは黙っていた。いや、答えはわかっていた。「子どもなんて、欲しくない」。その答えを今ここで口にしていいのかどうか、わからなかった。

ほどなく、ふたりとも、仕事に出かける時間がやってきた。

ぶあつい二重の窓に守られた、ぬくぬくとした狭いふたりだけの世界から、窓の外に果てしなく広がっている、混沌とした猥雑な世界へ。

わたし、彼、の順に布団から抜け出して、ぐずぐずと洋服を身に着けていった。彼には午後一番のアポイントメントに合わせて大阪の外れまで出かける用事があり、わたしはいつものように、午後十二時半までに出勤すればよかった。

「凪子ちゃん、ほんならまた、あしたな。あしたの朝は祝賀会やし、飲んだくれんと、待っててな。美味しいモンいっぱい持って、できるだけ早うに来るようにするし」

「うん、わかった。楽しみにしてるね。赤飯用の小豆もお水に漬けておくね」

特に名残を惜しむ、ということはなかった。それは、いつものふたりの、優しいあたたかい別れだった。あしたまた会える、朝が来ればまたすぐに。そんなささやかな喜びに彩られた、いつもの小さな健気な別れだった。そうなるはずだった。

わたしは玄関口に立って、先に部屋を出て行こうとしている彼を見送った。取引先の人に会う予定があったせいか、いつものジャンパーではなくて、オリーブ色の麻のジャケットを着ていた。よく似合っていた。引き締まった背中だと思った。ジャケットにくっついている、いくつかの横皺さえ、愛おしいと感じられた。

「行ってらっしゃい」

わたしは愛おしい背中に声をかけた。

「行ってきます」

彼はふり向いて右手を挙げ、笑顔を見せた。

背筋を伸ばして歩き始めたうしろ姿に向かって、気をつけてね、心の声でわたしは言った。もう一度、ふり返るかなと思ったけれど、彼はふり返らずそのまま歩みを進め、うす暗いアパートの廊下の先にあふれている、初夏の陽の光のなかに吸い込まれるようにして、消えた。それがこの世でわたしが目にした、大好きな人の最後の姿となった。

その日、十二時半よりも五分ほど前に「まなびや若葉」に出勤すると、きのうとどこも変わらない、見慣れた風景のなかに、明らかにいつもとは違う不穏な空気が立ち籠めているのがわかった。あたりに人気《ひとけ》はなかった。パトカーが二台、救急車が一台、塾の入り口付近に停まっていた。

何事かと思い、小走りに事務所に向かう途中で、たまたま事務所から外に出てきたひとりの講師と出くわした。彼女は今年の春、入社したばかりの新人講師だった。

「ああ、有島先生。おはようございます……」

上ずった声とは裏腹に、その表情は重苦しく沈んでいた。

「おはよう。何かあったの？　表にパトカーが来てたけど、あれは」

わたしの言葉を遮るようにして、彼女は言った。声が少し震えている。

「今朝、お手洗いのなかで……」

彼女の視線は、プレハブづくりの粗末な教室の裏手にある、まるで掘っ立て小屋のような簡易トイレの方に向けられていた。

「何かあったの」

つぶやくように同じ言葉をくり返しながら、わたしは、お手洗いがはっきり見える場所まで足を運んだ。彼女もあとからついてきた。

トイレのまわりには、数人の警察官がいた。全員、男性だった。うろうろしている人もいたし、じっと一点を見つめている人もいた。草むらのなかにしゃがんで、何かを探しているように見える人もいた。講師ふたりと立ち話をしているのは、かなり年配の警官だった。そんな男たちの姿を目にしたとき、よからぬことが起こったのだと、確信できた。同時に、急に動悸が激しくなり、胸がざわざわした。

「トイレで、何かあったのね」

「はい、もと生徒がそのなかで首を吊って。うちの生徒やなくて、もと生徒さんやそうです。今は高校生で、私は知らない子ですけど、先生は、教えられたことがあるんやないですか。名前は黒木……」

「栄介くん？　まさか、嘘でしょ！」

わたしは膝から崩れて、その場にへなへなとしゃがみ込んでしまった。何かの間違いだ。間違いに決まっている。ありえない、こんなこと、ありえないし、あってはならない。叩きつけるように、そう思っていた。

「有島先生、大丈夫ですか」

彼女はわたしのそばにしゃがんで、肩に手を置いてくれた。その手を握って、わたしは答えた。

「大丈夫じゃない……信じられない……どうして」

あとはもう、言葉にならなかった。声も出ない。涙も出ない。ただ、今にも息が止まりそうな気がして、わたしは懸命に空気を吸い込んでは吐き出した。

翌日、地方紙の夕刊のかたすみに小さく報道された記事によれば、黒木栄介は前の晩から家には帰っておらず――友だちの家に泊まりに行くと言って出かけたらしい――明け方、かつて通っていた学習塾のトイレの梁に、ベルトを結わえつけ、首吊り自殺をしていた。遺書は残されていなかった。記事によれば「学業の不振から将来を悲観して」ということだった。両親と高校の先生の談話も掲載されていた。どちらも「どうしてこんなことになったのか、わからない」というような内容だった。

わたしたち講師も全員、警察官から簡単な尋問を受けた。塾に通っていた頃のようすや、交友関係について、そして、自殺の原因について何か思い当たるようなことはないか。

「ありません。本当にいい子で、素直でよくがんばる子で、絶対に無理だと言われていた普通科にも合格して……」

わたしは、自殺の前の晩、栄介からかかってきた電話について、話さなかった。隠しておくことに対する罪悪感のようなものもなかった。迷わなかった。話すべきではない、話してはいけない、と咄嗟に判断したのは、黒木陽介とわたしの関係を、誰にも気取られてはならないと悟ったからだ。彼のためにも、残された家族のためにも、そうしなくてはならないと思っていた。

お通夜とお葬式には、塾を代表して、塾長と講師ふたりが出席することになり、そのほかの職員は平常通り仕事をするように、とのお達しが下ったので、わたしは、葬儀の場で悲しみに暮れている彼とその家族の姿を目にすることはなかった。よかった、と、わたしは思った。卑屈に、姑息に、そう思った。とても会う自信がなかった。どんな顔をして、会えばいいのか。いったいどんな顔をして、どんな慰めの言葉をかければいいのか。前の晩、わたしにかかってきた電話があったことを、いったいどんな顔をして、告げたらいいのか。告げたら、彼はどう反応するのか。

きっと、天と地がひっくり返っても、わたしのことを許せないと思うはずだ。息子の自殺を食い止められたかもしれない最後のチャンスを、わたしはみすみす逃したのだから。それだけではなくて、あの夜もあの朝も、わたしは自分の喜びに浸り、酔い痴《し》れ、世界は自分を中心に回っているとさえ思っていたのだから。

わたしから彼に連絡する勇気はなかった。それでもわたしは毎朝、待った。彼が部屋を訪ねてきてくれる朝を、待った。もしもそんな日が来たら、電話のことを話そうと思った。話すしかない。許してもらえないかもしれないけれど、話すしかない。

待つ日々は、けれども次第に、あきらめの日々へと変わっていった。待っても、待っても、彼はやってこなかった。いつしか、終わったんだな、と思うようになっていた。わたしたちの日々は終わったのだ。天罰が下ったのだ、と。


栄介の自殺から、一ヵ月あまりが過ぎていたか。あとで正確に計算してみると、それは彼の死後、四十九日を、三日だけ過ぎた日のことだった。

空も山も大地も、町も街角も、何もかもが煮えたぎるように暑かったその年の夏の、まさに真っ盛りにあるようだったその日、わたしは朝から東京に出かけて、夕方、アパートに帰ってきた。結局、新人賞そのものは取れなかったものの、幾度も書き直した作品が雑誌に掲載されることになって、その打ち合わせのために上京していたのだった。

郵便受けのなかに、ダイレクトメールや電話代の請求書などに交じって、一通の封書が入っていた。切手も消印もあった。差出人の名前も住所もなかった。なくても、ないからこそ、すぐにわかった。誰がこれを送ってきたのか。美しい、なつかしい、切ない封筒だった。和紙でできたその封筒は、補習授業に対する謝礼を車のなかで受け取ったときと同じ銘柄だった。受け取ったあと、わたしたちは図らずも手と手を重ね合い、互いの人生の一部を重ね合わせてしまったのだった。

手にした瞬間、別れの手紙であるとわかった。なぜなら、封筒のなかには、部屋の鍵が入っている感触があったから。

手紙は入っていなかった。ただ、部屋の合い鍵だけが入っていた。まっ白な便箋のなかに折り込まれていた鍵は、ティッシュペーパーで幾重にもくるまれていた。まるで怪我をした指が包帯で巻かれているようだと思った。便箋を広げ、皺を伸ばして、すみからすみまで見てみた。そこには何も書かれていなかった。文字は一文字も記されていなかった。それが黒木陽介の「さようなら」だった。

彼は、別れの言葉を書かなかった。書けなかったのだろうか。それとも、書きたくなかったのだろうか。

その夜、カシミアのベージュのカーディガンに顔を押しつけて、泣いた。涙が涸れるまで泣いてから、裁ち鋏を取り出して、柔らかなカーディガンの背中のまんなかに鋏を入れた。「欲しい、欲しい」と懇願し、半ば奪い取るような格好で彼からもらった、彼のカーディガン。寂しい夜にはそれを胸に抱きしめて眠った。わたしは、わたしの手で、わたしの宝物を切らないではいられなかった。苛立ちのあまり、怒りのあまり、憎しみのあまり、袖を切り、両見頃を切り、裾を切り、襟ぐりを、ボタン穴を、ボタンをかがっている糸まで切った。切り刻まずにはいられなかった。自分に対する苛立ち、自分に対する怒り、自分に対する憎しみ。それらを細かく切り刻んで、捨ててしまいたかった。「許して欲しい」とくり返しながら、鋏を動かしつづけた。誰に、どんな許しを乞うているのか、わからないままに。どんなに許しを乞うても、許されないことがある、と、わかっていながら。

8

『私のお墓』

黒木陽介から鍵の入った封筒を受け取った年の終わりに、塾の仕事を辞め、京都から東京に引っ越しをし、アルバイト情報誌で見つけた文具メーカーの市場調査員として働きながら、書き上げた三作目の小説に、わたしはそんなタイトルを付けていた。まるごと、彼と過ごした二年半の日々を綴った作品。まるごと、彼に宛てた長大な手紙のような作品。はじめて電話で声を聞いた日から「行ってらっしゃい」と背中を見送った最後の朝までの出来事を、拾い上げた小石を丹念に積み上げるようにして、書いた。栄介の自殺、という出来事だけを除いて。

「吐きそうになるくらい、よかったです」

白藤承平は開口一番そう言った。きのう、わたしから郵送された原稿が会社に届き、すぐに開封し、夕方から真夜中までかけて三度読み、朝が来るのを待って、この電話をかけていますと、早口でつづけた。

「待ち遠しかったです」

「電話するのが？」

「いえ、こんな作品を読める日が、という意味ですよ。待った甲斐がありました」

そこまでは声に喜びを滲ませていた。そのあとには、いつもの白藤らしい、容赦ない批判や指摘や冷徹な分析の言葉が連なった。どこをどう直すべきか、そこを直せばどのようによくなるのか、わたしたちはしばらくのあいだ、活発な意見の交換をした。作品について話し合うときにはそのようになるのが常だった。熱を帯びた指と指をからませるようにして、ああでもない、こうでもない、と言い合った。

白藤はわたしよりも三つか四つ年下で、見た目も雰囲気も若々しく、シャープな印象を与えたけれど、その口調はひと癖もふた癖もある老獪な策略家のようだった。

熱い議論の最後にあっさりと、白藤は言い放った。

「じゃあ、そういうことで、あとのことはすべてお任せします。僕がごちゃごちゃ文句をつけた部分についても、有島さんがそれは違うと思えば、無視すればいいわけだから」

そのあとに、付け加えた。

「だけど、この、タイトルだけは、変えた方がいいです。有島さんの意図と気持ちは、わからないことはないけど、このままだとまず、営業会議は通らないでしょうから」

「えっ、なぜですか」

作中では「K」と表した恋人と、主人公である「私」が午前中だけ一緒に暮らした部屋は、ふたりの「墓」である。タイトルにはそのような意味がこもっていたし、これは、変えようのないタイトルではないかとわたしは思っていた。このタイトルでなくてはならない、このタイトルがあったからこそ書けた、と言ってもいいほどに。

そのことを伝えると、白藤は乾いた声で笑った。

「だから、お気持ちはわかりますよ。この作品それ自体が『墓』なんだと、言いたいわけだよね？　でもねぇ、いくらなんでも『私のお墓』なんて」

「駄目ですか？　変？」

「いやまぁ、変ということはないんだけど、暗いじゃないですか」

「暗い」

「そうですよ。暗いですよ。だって、墓なんだからさ。少なくとも、人が喜んで金を払って買って、読みたくなるようなタイトルじゃないでしょう」

そう言われると、わたしには、返す言葉がなかった。

話し合いの日から、二ヵ月半ほどをかけて書き直した小説のタイトルは、白藤と話し合った上で、彼の合意を得て『道行《ゆ》き』とした。

四百字詰め原稿用紙、約百五十枚強の作品。

「枚数は短いけど、迫力のある小説に仕上がりました。まさに、自分の身を削って書いた作品って感じだよな。鶴が羽根を抜き取って書いたというか。これと『箱庭』と『部屋』の三作で、有島風子の第一作品集の刊行ができますね。ああ、いよいよだなぁ。楽しみだなぁ。あとのことは、僕に任せて下さい。出版に向けて、社内の会議をこれから順番にクリアーしていきます」

編集部のフロアの一角を衝立《ついたて》で仕切っただけの応接コーナーで、最終的な打ち合わせを済ませたあと、白藤は、原稿用紙の束を両手でトントントンとテーブルに打ちつけて揃え、会社名の入った茶封筒に収めたあと、右手で、指が焦げつきそうなほど短くなっていた煙草を灰皿にぐりぐりと押しつけて、消した。

ソファーに座ったまま頭を深く下げてから、わたしは立ち上がった。

「どうかよろしくお願いします。それではきょうはこれで」

「あ、そこまで送りますから」

ほとんど同時に、白藤も立ち上がった。

二階にあった編集部を出て階段を降り、ビルの一階にある会社の玄関口まで並んで歩いていきながら、白藤はしみじみと言った。

「ここまで来るのに、何年くらいかかったのかな。よくがんばりましたね。絶対にいい作品集になりますよ、これは。いえ、必ずそうしてみせます。正直言って、そんなに売れないとは思いますが、評論家の受けはいいと思うんだよね。新人のデビュー作としては、非常に高水準に達してるからね」

「ありがとうございます」

夏だった。白藤と別れてビルの外に出ると、コンクリートで固められた歩道に、真夏の太陽が照りつけていた。その照り返しに包まれて、わたしの体は一気に汗ばんだ。汗ばんだのは、胸のなかで燃え上がっている期待のせいでもあった。

本が出たら――

原稿が活字になり、わたしにとって生まれてはじめての本が出たら――

黒木陽介に送ろうと、心に決めていた。それが期待の正体だった。

別れてから、二年が過ぎようとしていた。その間《かん》、彼のことを考えない日は、一日もなかった。東京の住所は「引っ越しのご案内」と称する葉書で伝えてあった。彼からはなんの音沙汰もなかった。本を送ったからといって、どうなるものでもないとわかっていた。それでもわたしは送りたかった。この本もやはり、あなたに宛てて書いた手紙なのです。ひとりで元気でがんばっています、と、伝えたかった。忘れていない、会いたい、わたしはここにいる、ここでこうしてあなたを思っています、と。

けれども、本は結局、出なかった。有島風子の第一作品集『道行き』は出版されなかった。原稿の束はそれから九年あまり、白藤の抱えていた茶封筒のなかから、あるいは、細長い雑居ビルの二階にあった編集部の雑然としたデスクの引き出しから、一歩も外に出ることはなかった。白藤の勤めていた会社が経営不振を理由に文芸雑誌を廃刊し、文芸というジャンルから撤退してしまったのだ。それにともなって、白藤は編集部から販売促進部に異動となり、異動から半年後、その出版社を去って行った。

三十代半ばから四十代半ばまでの、およそ九年間。

大都会のかたすみでひとり暮らしをつづけながら、わたしは『私のお墓』をせっせと書き直した。まさに、墓を掘り起こし、棺桶のなかから腐敗している死体を引っ張り出し、あれこれいじって死に化粧を施したあと、ふたたび土をかけ、墓石を置き、花を飾り線香をあげる、いじましい、未練がましい日々。わたしの十本の指の爪のなかは、いつもどす黒く汚れていた。土とインクのせいで。

生活費を稼ぐために、さまざまな職業を転々とした。ファミリーレストランのウェイトレス。料理旅館の仲居。保険会社の事務員。旅行会社の事務員。花屋の店員。ケーキ屋の店員。予備校の講師。どの仕事も、長つづきしなかった。

三十九歳から四十代のはじめにかけての数年間は、名だたる雑誌社の取材記者として、全国を走り回っていた。髪をふり乱して走り回りながら、わたしは片時も、小説のことを忘れてはいなかったし、小説を書くことを、あきらめてもいなかった。しかし、わたしにはどうしても『私のお墓』以外の作品を書くことができなかった。理由は、わからない。ただ、未練だった、としか言いようがない。

小説に対する、ひりつくようなこの未練は、それはそのまま黒木陽介、その人に対する未練に違いないとわかっていた。二度と会うことのできない人に対する思いを、わたしは『私のお墓』にぶつけることで、紛らわせようとしていたのだろうか。昇華させようとしていたのだろうか。いや、そうすることしか、できなかったのだ。書くことでしか、埋葬できない。埋葬をくり返すことでしか、生きていけない。自分の身の内に、そのような生きた亡骸が存在していることを、わたしは認知していた。

ごく短いあいだ、つきあった人たちからはよく、こんなことを言われた。

「きみには、人には決して明け渡さない領域があって、なんだか怖い」

「すぐそばにいるのに、ずっと遠くにいるような違和感を覚えてしまう」

つきあった人はいた。彼らと恋愛はしなかった。肉体関係は持った。人間関係は持たなかった。持つことができなかった。恋も、愛も、その頃のわたしにはまったく意味のないものだった。なぜならわたしは、生きているもの、息づいているものに、いっさいの関心が持てなくなっていたから。なぜならわたしは、不完全な死体だったのだから。

書き直した作品は、出版社に送ったり、新人賞に応募したり、伝手《つて》を頼って直接、文芸編集者に読んでもらったりもした。原稿を預けた編集者の数は、十人を下らなかった。その十人のなかには、けんもほろろに突き返してくる人もいれば、原稿を受け取ったことさえ伝えてこない人もいれば、懇切丁寧に指導をしてくれる人もいたし、時間を割いて会って、赤字を入れた原稿を返してくれる人もいたし「うちでは出せないが、よそなら可能性はあるかもしれない」と言って、知り合いの編集者を紹介してくれた人もいた。そうこうしているうちに、ある会社で出している小説誌に掲載される寸前まで、こぎ着けたこともあった。

腐った死体は所詮、死体に過ぎない。

「気持ち悪い。何かが腐ったような悪臭がする。こんな作品、誰が読むんですか」

眉をひそめてそう言った編集者がいた。彼女の感覚は至極正常だったとわたしは思う。死体が生きて甦ることはない。

そのことを悟ったとき、わたしは四十六歳になっていた。

とうとうと言うべきか、やっとと言うべきか、小説を書くことをほとんどあきらめかけていたその年の暮れ、

「有島さん、復活しました。一緒に仕事をしましょう」

別の出版社に、文芸編集者として再就職した白藤から、電話がかかってきた。フリーライターとして働いていた新聞社の忘年会に参加した帰り、すし詰めの満員電車に乗っているとき、ショルダーバッグのなかで、携帯電話がぶるぶる震えたのだった。

わたしが空しい墓掘りに明け暮れているあいだに、時代は猛スピードで新しい世紀に突入していた。わたしは最早、原稿用紙に手書きではなくて、ワープロで、数年のちにはパソコンのキーボードを打って、原稿を書くようになっていたし、出先から誰かに連絡する必要が生じたとき、街角で、赤や緑やうすいピンクの公衆電話を探す必要もなくなっていたし、ライティングデスクの上に便箋を広げて手紙を書くことも、郵便受けに、コトン、と音をさせて届く手紙の返事を待つこともなくなっていた。

西新宿の外れの裏路地にある、混み合った居酒屋のテーブルで、わたしは白藤承平

と向かい合っていた。

それまでに幾度か、原稿を挟んだ綿密な打ち合わせと意見交換を重ね、数え切れないくらい何度も書き直して完成させた長編小説を、その夜、わたしは持参してきていた。パソコンで書いた原稿をわざわざ印字して、長年愛用している「雪月花謹製」の美しい封筒に入れて。

メールで送ることもできたのに、なぜか、わたしはそうしなかった。できなかった。したくなかった、ということかもしれない。原稿の重みを、白藤に渡したかった。いや、わたし自身がその重みを感じたかった、ということだろう。

六月。白藤承平との再会から、約半年が過ぎていた。

「どうですか、うまく行きましたか、作品の方は」

ビールと日本酒で乾杯したあと、揚げ出し豆腐、わかさぎのフライ、大根と水菜と海草のサラダ、蟹クリームコロッケ、筑前煮、銀鱈のホイル包み焼き、韓国風お好み焼き、冷麺など、季節感も土地柄もごちゃ混ぜにしたような居酒屋料理を所狭しと並べたテーブル越しに、白藤は、意味深な微笑みを投げかけてきた。

うつむき加減になって、わたしは答えた。白藤の前に出るときにはいつも、先生に叱られている生徒のような気分になってしまう。

「さあ、どうかしら……自分ではよくわからないんですけど、いつも、うまく書けてるかどうかなんて」

白藤の新たな提案に基づいて、過去に書いた短編小説『箱庭』と、九年間こだわりつづけてきた『私のお墓』を合体させ、ひとつの物語として書き直した作品は、四百字詰めの原稿用紙に換算すれば、三百五十枚程度の長編小説となっていた。

「ラストは結局どうした？」

「もちろん、書き直しましたけど……」

つづきを言いあぐねながら、わたしは、まだ自分の傍らに――バッグのそばにそっと立てかけて――置いたままにしてある封筒に視線を落とした。朝顔、あじさい、鉄線、露草など、初夏の草花の模様の散らされた、手漉きの和紙の封筒のなかに入っている作品の、最後の場面を思い浮かべていた。

「今、話した方がいいですか？　ラストについて」

「話さなくていいです。読めばわかることだから。楽しみだなぁ。三度目の正直だよね。早く読みたいですよ。待ち切れないなぁ。あとはもう、ラストだけなんだよね、現時点で解決されるべきだった問題点は」

ラストの場面を大きく書き直したのは、これで三度目だった。

オリジナルの原稿の最後は、主人公が交通事故を起こして、死んでしまうシーンで終わっていた。白藤は手厳しく突き放した。

「これじゃあ、箸にも棒にもかからない。姑の嫁いびりに耐えかねて離婚した女がですよ、今度は不倫に走って、その不倫のなれの果てに事故死した小説、ってことになってしまうでしょう。そんな主人公に、読者は共感しませんよね。いや、まあ、共感は得られなくてもいいんだけれど、なんていうのかな、不倫した女が事故死する小説じゃあ、やっぱり駄目なんだな。それは逃げなんだ。作品を終わらせるために、逃げ道をこしらえて、そこを走らせてるだけなんだ。有島さんがここまで懸命に書いてきたことを事故死であっさりと片づけてしまっていいんですか？　と、まあ、ひと言でまとめるなら、そういうことなんだよな」

考えて、考えて、書き直した二度目のラストは、こうだった。

主人公は、別れから何年も経ったあと、別れた恋人に、公衆電話ボックスから電話をかける。その電話で彼の声を聞き、彼と話をした主人公は、かつての恋人の娘に子どもが生まれ、つまり彼は孫に恵まれ、とても幸せな生活を営み、幸せな老後を送っていることを知る。そのような幸福に接して、わたしと同様、いまだに独身を通している主人公はあたたかい涙を流す。つまり主人公は、彼の幸福を知り、それを祝福することによって、自分も救われる。ひとすじの希望の光の見える、救いのある終わり方だとわたしは思った。いくぶん甘いかもしれないものの、確かに、交通事故死よりはいいだろうと。

実はこの場面は、わたしが雑誌社で記者として働いていた頃、たまたま、黒木陽介が好きだった歌手のコンサートを、取材を兼ねて聴きに行ったときの経験から、書き起こした。わたしはその夜、コンサート会場の暗闇のなかで、彼のことを思って、さめざめと泣いた。あたたかな涙だったかどうかはわからないけれど、少なくともそれは、悲しみの涙ではなかった。

このラストに対して、白藤は激しい抵抗を示した。歯に衣着せぬ口調で、彼は批判を展開した。

「そりゃあ、交通事故死よりはましかもしれないけど、いや、どうだろうね、もしかしたら、交通事故の方がいいのかな。あのね、有島さん。主人公に、彼と話なんかさせちゃ、駄目です。もしかしたら電話をかけるのも、まずいのかもしれないな。もっとよく考えてみて下さい。だいたいね、別れて何年も経ったあと、電話なんか、かけますか？　普通、かけないでしょ。有島さんが、たとえ実際にはかけたのだとしても、小説的にはどうか。小説という現実のなかで、主人公が本当にそんな電話をかけるのかどうか、考えなきゃ駄目だ。体験に囚われないで、小説的真実、小説的リアルを、徹底的に追求して下さい。あと、これは参考になるかどうかわからないけど、僕なら、いやだな。別れた女から突然、電話なんかかかってきたらさ、話なんてしたくないし、すぐに切っちゃいますよ。世の中の男のほとんどはそうじゃないかな。まあ、それはいいとして、とにかくよく考えて。この電話は、本当に必要なのかどうか。小説にとって、この小説のラストの場面として、本当に必要なものはなんなのか。柱ですよ、柱。このままじゃあ、この電話は柱にならない。それどころか、せっかく建てた家が崩れてしまう」

今からちょうど一ヵ月前に聞かされた発言だった。

それから一ヵ月をかけて考え、考え抜いて書き直したラストは、今、封筒のなかに入っている作品のラストは、こうだった。

主人公はやはり、かつての恋人に電話をかける。かけてしまう。恋人の好きだった歌手のコンサート会場に入る直前に。どうしても、声が聞きたくなって。どうしても、その欲望と衝動を抑え切れなくなって。路上の公衆電話ボックスのなかから。

別れた彼に電話をかける。この要素は果たして、白藤の言う「小説的真実」であり「小説的リアル」なのかどうか、わからなかったけれど、わたしにはどうしても必要な行為であり、柱であり、なくてはならない場面であるように思えてならなかった。

それはこのような場面だ。

「はい？　あの、失礼ですが、どちらさまでしょうか」

電話に出たのは、明らかに恋人の娘の声だとわかる、うら若い女性の声。主人公は名を名乗り「少々お待ち下さい」のあとに、受話器は机か何かの上に置かれたままになり、保留音楽には切り替わらず、彼女は、娘が腕に抱いていると思われる赤ん坊の泣き声を耳にする。明らかに彼の孫の泣き声だとわかる。彼が電話口に出る前に、主人公は電話を切ってしまう。つまり、ふたりは直接、話をすることはなかった。主人公は、赤ん坊の泣き声だけではなくて、電話の向こうに漂う気配や空気や雑音などのすべてによって、彼の現在の幸福を感じ取り、コンサート会場のなかで、静かに涙を流す。あの人が幸せでよかった。幸せな老後を送ってくれていて、よかった。

つまり、二番目に書いたラストとの違いは、彼の幸福を、彼自身の言葉を聞いて知るのではなくて、気配で感じ取るというところだ。

白藤は満足してくれるだろうか。

「それじゃあ、そろそろ失礼しなきゃならないんで、原稿、いただきましょうか」

テーブルの上の料理も粗方《あらかた》、片づき、腕時計の針は午後八時過ぎを指していたか。

これから社にもどってひと仕事します、と言ったあとで、白藤は、わたしに原稿の入った封筒を渡すよう促した。

「はい」

と答えて、わたしは封筒を取り上げ、白藤に向かって差し出した。

白藤が封筒に触れた瞬間、びくっとして、わたしはその封筒をもう一度、自分の方に強く引っ張り返してしまった。なぜ、そんなことをしてしまったのか、わからない。勝手にわたしの手が動いてしまった。三度目の正直ではあったものの、書き直した原稿にやはりまだ自信がなかった、ということなのか。いや、そうではない。

わたしはそのとき、別れた人のことを思っていた。この封筒を渡したい人は、黒木陽介をおいて、ほかにはいない。それなのになぜ、白藤に渡したりするのか。これは、あの人に読んでもらいたくて書いた作品なのに。そのような理不尽な思いが力となって、わたしの指先に加わったのだと思う。

「あっ、何するんですか？　やめて下さいよ、風子先生」

わたしの不可解な行為を、白藤はジョークか何かのように受け止めたのか、笑いながら言った。彼が「風子先生」と言うのもまた、ジョークのようなものだった。

「往生際が悪いですよ、先生。大丈夫です。きっとうまく書けてますって、今度こそ大丈夫。もっと自信を持って下さいよ。著者がぐらついてると、どんなにいい作品でも、ぐらついちゃいますよ」

言いながら、白藤もまた、封筒をぐいっと自分の方に引っ張った。彼の場合には「原稿が欲しい」。ただそれだけの気持ちだったに違いない。封筒は、両側からふたりの手で引っ張られたまま、テーブルの上でしばし静止していた。

「読んでもいないのに、どうしてわかるの？　うまく書けてるかどうか」

と、わたしは問うてみた。そのときすでに、封筒は白藤の手に渡っていた。

「それはね、わかるんですよ。編集者の勘でね。はったりかな。封筒に触れただけで、この作品は大傑作だって」

嬉しそうに言いながら、白藤はいそいそと封筒を鞄に仕舞った。仕舞うと同時に、伝票を摑んで腰を浮かせた。原稿さえ受け取ればもう、わたしには用などないとでも言いたげな態度だった。

それから約五時間後、真夜中の一時過ぎに電話がかかってきた。

白藤の第一声は、こうだった。

「爆発的には売れないと思うけど、有島風子はこの作品によって、職業を確立できるでしょう。僕の勘が当たればということだけど」

白藤の勘は的中した。

長編小説『忘れられないどうしても』――白藤が考えて付けたタイトルだった――は、陽の目を見た。淡いかすかな陽の光ではあったけれど、それは確かに射し込んできた。有島凪子の人生のなかに、有島風子が文字を書くその手もとに。

本は刊行後二ヵ月を過ぎた頃から少しずつ、ぽつぽつと売れ始めた。その後、新聞や雑誌に好意的な書評もいくつか出た。爆発的に売れることはなかった。細く長く売れつづけた。そのおかげで、わたしのもとにはやはりぽつぽつと、出版社から原稿依頼が入ってくるようになった。「読んで下さい」とわたしが頼むのではなくて「書いて下さい」と頼まれるようにもなった。職業として、やっと軌道に乗り始めた、と言っていいだろう。郷里の両親も喜んでくれた。「長いスパンで物事を考えて、地道にやっていくこと。仕事の成功、不成功を、自分の人生の幸・不幸と置き換えないこと。作品への批判や賞賛を自分自身へのそれと勘違いしないこと」。父はそんなアドバイスをくれた。母と妹はさまざまな書店を回って、各書店で一冊ずつ、こまめに本を買ってくれた。向こう三年間、作品依頼と連載の〆切でスケジュール帳が真っ黒に埋まった時点で、派遣社員として働いていた会社を辞めた。

そんなある夜、白藤と久しぶりに会い、新しい仕事の打ち合わせを兼ねてお酒を飲んでいるとき、こんな会話になった。

「ところで風子先生さぁ、僕、前からおたずねしたいことがあったんだけど。訊いていいですか」

「なんでしょう」

「あのラストは、やっぱり、本当にあった話なんですかね」

「どのラスト？　何番目」

「そりゃあ、三番目に決まってるでしょう？　三度目の正直のラストですよ。あれは、事実だったからこそ、やっぱり人の胸を打ったのかなぁと思って。やはり真実は小説的真実よりも強しなのかどうか、知っておきたくて」

「それって、編集者としての興味と質問？」

「そういうことにしておきましょうか。いや、実は男としても、興味あるんですけど。どうだったんですか、本当は」

本当のことを、わたしは白藤に教えなかった。「ご想像にお任せします」と、笑いながら答えをはぐらかし、楽しいお酒を飲んだ。

本当は。

小説のラストシーンは、事実とは大きく異なっていた。それを知ったら、白藤はなんと言っただろうか。どう思っただろうか。いつか、もっとずっとあとで、今度はわたしから白藤に訊いてみたいと思っている。

別れて、すでに十年近くが過ぎていたか。その日の夕方、わたしは、黒木陽介の好きだった歌手のコンサート会場の近くにあった公衆電話から、京都の「黒木布団店伏見工場」に電話をかけた。

どうしても声が聞きたくなったのも、気持ちを抑えられなくなって電話をかけたのも、その電話で娘さんと赤ん坊の声を聞いたのも、みな、本当にあった出来事だった。ただ、赤ん坊は、娘さんの子どもではなかったと思う。あくまでもわたしの想像に過ぎないけれど、たぶんそのとき、まわりにいた複数の人たちのうちの誰かの赤ん坊を、彼女は抱かせてもらっていたのではないだろうか。たまたまその日、家族のイベントのようなものがあって、親戚の人たちが集まっていた、そんな、にぎやかな、和気藹々とした気配があった。

彼の愛娘は「しょうしょうおまちくださぁい」と歌うように言い置いて、受話器を置いてどこかへ去り――赤ん坊を誰かに手渡すか、ベビーベッドに寝かせるか、していたものと思われる――もどってくると、おっとりした口調で、一語一語、自分で自分の言葉を確かめるようにして、こう言ったのだった。

「うちのおとうちゃん、なくならはりました」

知的発達は少々遅れているけれど「天使みたいに可愛い娘なんや」と、彼が言っていたその人は、わたしの問いに対して、ゆっくりと、丁寧に、何かを咀嚼するように答えを返してくれた。

「ありしまなぎこさんに、わたしてほしい、いうてはったモン、うちがおあずかりしてます」


――うん、あの子はな、親にもきょうだいにも似ても似つかん、天使みたいな子や。あんな可愛らしい子、世界中、探しても、どこにもおらんやろな。

――特別な子なんや。

――まだ、ひと言も話せへん。

――ほかの子に比べると、心も体もゆっくり育つ、と言えばええのかな。まわりのモンはそのゆったりとした流れというか、その子だけに与えられた特別な光というか、そういうものを信じて見守り、じっと辛抱強く待っていてやらなあかんのやな。

コンサートの開始時間が刻々と迫っていた。わたしは受話器を握ったまま、彼女の言葉に一心に耳を傾けていた。ひとことも、聞き漏らしてはならないと思いながら。

有島凪子さんからは、必ずそのうち、電話がかかってくる。だからただ、その電話を待っていればいい。かかってきたら、住所を確かめて、それからそこにこの箱を送って欲しい。彼は臨終の床で、娘にそのようなことを頼んだらしい。

「このはこに、はいってるモンは、おとうちゃんの、だいじなだいじな、たからものやしな、やいたらあかんで、いうてはりました。しごとにつかうモンやし、ありしまなぎこさんに、もどさなあかんのや、みぃちゃんにたのんだでと」

その箱は、電話から数週間後、わたしのもとに送られてきた。いかにも京都の職人さんが手間暇かけてこしらえました、というような文箱《ふばこ》のなかに入っていたのは、ぶあつい紙の束だった。かつてわたしが彼に宛てて書いた、無数の手紙。それらの手紙は彼の宝物で、自分が死んだあとには、その宝物をわたしに返さなくてはならない、と考えていたのか。だとしたら、黒木さん、あなたはわたしの後生大事をわかっていなかったことになるよ。あなたに、何があっても守り抜きたいものがあったように、わたしにもそれはあったし、今もあるの。

かつて彼から送り返されてきた部屋の鍵をティッシュペーパーでくるんだまま、おびただしい手紙の一番上に置いて、箱のふたを閉じた。以来、一度も、その箱のふたをあけたことはない。わたしはわたしの宝物を仕事に使ったりしない。ただ、持っている。そばに置いている。生きている限り、まるで大切な人の遺骨のように。死ぬまでそばに置いておく。そしてわたしが死んだとき、一緒に焼いてもらう。それでいいと思っている。

今でもときどき、わたしは京都の街角に立って、公衆電話ボックスのなかから、わたしに電話をかけていることがある。東京の自宅で、あるいは、満員電車のなかで、わたしはその電話を取る。もしもし、と答えると、わたしの耳に聞こえてくるのは、黒木陽介の声だ。

——ああ、凪子ちゃんか、俺や。どや、元気にしてるか。

——うん、元気よ。すごく元気。黒木さんは?

——俺も元気や。なかなか会えなくて、寂しいけどな、なんとか元気でやってるよ。

——わたしも寂しい。寂しくて毎日、泣いてる。会いたい。ねえ、そっちに、会いに行ってもいい?

——あかん、まだ来んでもええ。来るならできるだけ遅うに、おいで。俺はいつまでも待ってるから。

——ほんと？　ほんとに、待っててくれるの？　わたしのこと、忘れないで。

——ああ、忘れるもんか、忘れるわけ、あらへんやろ？　あれ？　凪子ちゃん、泣いてんのか。なんでや、なんで泣く？　泣いたりせんと、もっと軽うに、風のように笑いながら、生きたらええやんか。泣くほどのことと、ちゃうやろ。

そうだった、あれは——

あれは——

あれは、泣くほどの恋じゃなかった。

受話器を握って、泣きながら、わたしは思っている。止まらない涙を、止めようともしないで。だって、あれは、世にも幸せな恋だったのだ。わたしたちの後生大事だったのだ。人の目にどんなに滑稽に映っても、ときには激しく非難されても、みっともないと馬鹿にされても、これだけは守りたい、守り抜きたい、たとえ世間にぶざまな格好を晒してでも。心の底からそう思える、唯一無二のものだった。

優しかった、黒木陽介。数学の問題を解くように熱心に、わたしの心と体を解きほぐすように律儀に、彼は人を愛する術を心得ていた。彼の声はいつも、優しかった。声よりも言葉は、言葉よりも気持ちは、気持ちよりも行為は、さらに。

このことを書いてしまったら、あとにはもう、書くことは何も残っていない。そう思って書き始め、書き終えても、書いても書いても、何作、書いても、これでもうお仕舞いと思いながら仕上げても、ふり返るとそこには、黒木陽介が立っている。無条件で相手の気持ちを和ませてしまうような声と、柔らかなふわふわのカーディガンと、しっとりと汗ばんだ手のひらの感触が雪のようにまっ白な封筒のなかに入っている。それらを取り出して、わたしは書く。一行、書くたびに「会いたい」と囁きながら、一文字、書くごとに「寂しい」とつぶやきながら。ガラスを這い上がっていく、瀕死の蜂のように。きょうも、あしたも、あさっても、わたしが死ぬ日まで終わらない、優しくて残酷な物語を。

文庫版「あとがき」に代えて

読んでくださったみなさまへ

「はじめまして」でしょうか、それとも「また会えたね」でしょうか。

どちらであっても、この作品を手に取ってくださり、読んでくださり、ありがとうございました。まだ本屋さんで立ち読みされているあなたにも「ありがとう」を。

書き手としては、小説にあとがきは不要ではないか、と思う反面、読者としての私は、本を買って、そこにあとがきがあれば、まっさきに読むタイプです。おいしいものから先に食べるタイプ、ということかもしれません。

あなたはどうですか。

楽しみは先に取っておくタイプ？

恋愛においては、それではうまく行かないでしょうね。なぜなら、恋愛って、あとさきを考えず、目の前の楽しみを貪欲にむさぼるようなものだと思うから。

というような恋愛談義はさておき。

「さて、どんなあとがきを書こう」と悩むこともなく、本作の主人公、有島凪子の真似をして、きょうはみなさんにお手紙を書きたいと思います。凪子と同じで、あなたにお伝えしたいことがいっぱいあるの。

だからこの手紙は、私からあなたへのラブレター。


まず、この作品の歴史について。

歴史、なんて言うとちょっと大袈裟かもしれませんけれど、この作品の単行本が二〇一二年に出版されるまでには、実にさまざまな出来事がありました。紆余曲折、と言ってもいいかもしれません。

一九九二年にアメリカに移住し、その翌年に新人文学賞を受賞したものの、なんと十年以上も鳴かず飛ばずで、植えても植えてもまったく芽が出ず、書く小説、書く小説、ことごとく没にされ、もう小説家としてやっていくことはあきらめた方が良さそうだ、と、見切りをつけかけていたときに『欲しいのは、あなただけ』と『エンキョリレンアイ』が立て続けにヒットし、切れかかっていた蜘蛛の糸がつながりました。

逆転勝利とはこのことでしょうか、それまでの長きにわたって、何を書いても「こんなの全然だめです」と、虚仮にされていた編集者たちから「ぜひ弊社でも恋愛小説を書いてください」と、懇願されるようになりました。下積み時代があまりにも長かったので、依頼を断わるという選択肢は私にはなく、とにかく、来るものは拒まずをモットーにして、すべての依頼を引き受けました。二〇〇六年から、十年分ほどの恋愛小説の依頼。お応えするのに、本当に十年がかかりました。嘘みたいな本当の話です。

『泣くほどの恋じゃない』の単行本の編集者、相原結城さんも「ぜひ恋愛小説を」と、声をかけてくださった方々のお一人でした。けれども、彼女の依頼時の言葉は、他の編集者とは一線を画していたのです。多くの編集者が『欲しいのは、あなただけ』や『エンキョリレンアイ』のような、ピュアで切ない、胸がきゅんとするような作品を、と、おっしゃる中で、相原さんはこう言い放ったのです。

「優しくて、残酷な物語を」と。

優しい恋愛小説ならわかるけれど、残酷ですよ、残酷！

私はこの「残酷」という言葉にノックアウトされました。これは殺し文句です。

そう、恋愛小説は、残酷でなくてはなりません。残酷でなかったら、面白くもなんともない。ハッピーエンドで終わる恋愛小説なんて、生ぬるい。私はそう思っています。書くのも読むのも、悲恋の悲劇が好き。

よし書こう、書きたい、書いてみせる！

闘志がめらめら燃え上がってきました。作家を燃え上がらせることのできる編集者って、最高です。

さっそく書き始めました。前述の通り、怒涛のような執筆依頼と連載を何本も抱えていたので、書き始めてから書き上げるまでに、足掛け三年がかかってしまいました。この三年のあいだに、独身だった相原さんはご結婚され、転職され、お母さんにもなられました。相原さんの「歴史」も、本作には流れているのです。

『泣くほどの恋じゃない』の完成原稿をお送りしたあと、相原さんから返ってきた言葉は開口一番「驚きました。あまりの偶然に息が止まりそうになりました。なぜ、小手鞠さんに、うちの息子のことがわかったのでしょう」——。

私はもちろん、相原さんの息子さんのことは、何も知らないまま書きました。でも、偶然というか、必然というか、何かとても神秘的な力が作用して、息子さんと同じような天使みたいな子を、私はこの作品の最後の場面に登場させていたのです。

私も驚きました。

こういうことって、起こるものなんだなぁ、と。

あれからふたたび約十年が過ぎて、このたびの文庫化に当たって、本作を久方ぶりに読み返した今の私は、もう驚きはしません。

うんうん、なるほどなぁと、うなずくだけです。

小説を書いていると、必ずと言っていいほど「奇跡」としか思えない「運命」としか表現できない出来事に遭遇します。遭遇しない作品は失敗作かもしれない、と言いたくなるほど。奇跡を起こすのは虚構の力であり、運命を生み出すのは言霊でもあるのでしょう。それらは私の意図や思惑を超えて、小説の内部からマグマのように噴き出てくるもの、あるいは、泉のように湧いてくるものなんだと思います。だから往々にして、小説があなただけの秘密を知っていたり、あなたの未来を予言したり、あなたの過去を暴いたり、あなたの恋の行方を占ったりすることがあるのです。

もしもあなたが『泣くほどの恋じゃない』を読んで、なんらかの奇跡に出会ったり、なんらかの運命を感じ取ってくださったなら、これほど大きな喜びはありません。

ああ、書いて良かったなぁ。あなたに会えて、私はとっても幸せ！

またいつか、どこかできっと、会いましょう。

その日を楽しみにして、私は書き続けます。

私の書いた小説も、これから書く小説も全部、あなたに宛てて書いた手紙です。
受け取ってくださいますか。
ひとり寂しく、部屋で恋人の帰りを待っているあなた。
ふたりでいても、なぜか、とても寂しいと感じているあなた。
眠れない夜を過ごしているあなた。
どうしても、忘れられない人がいるあなた。
私があなたに届けたいのは、とびきり優しくて、とびきり残酷なこの物語。

ニューヨーク州ウッドストックの森の仕事部屋より愛をこめて
小手鞠るい

本作の文庫化に当たってご尽力くださった潮出版社の佐藤遼平さん、装幀家の金田一亜弥さん、装画を描いてくださった松倉香子さんに、この場をお借りして謝意を表します。ありがとうございました。

◎本作は二〇一二年に刊行された単行本『泣くほどの恋じゃない』（原書房）に加筆修正の上、文庫化したものです。
◎本作はフィクションです。

小手鞠るい（こでまり・るい）
1956年岡山県生まれ。同志社大学法学部卒業。サンリオ「詩とメルヘン」賞、「海燕」新人文学賞、島清恋愛文学賞、ボローニャ国際児童図書賞、小学館児童出版文化賞などを受賞。児童書、一般文芸書、共に著書多数。近著として『女性失格』『瞳のなかの幸福』『情事と事情』『幸福の一部である不幸を抱いて』『私たちの望むものは』『乱れる海よ』（以上、小説）エッセイ集『空から森が降ってくる』『今夜もそっとおやすみなさい』など。1992年からニューヨーク州在住。

泣くほどの恋じゃない

潮文庫　こ－2

2023年　6月20日　初版発行

著　者　小手鞠るい
発行者　南 晋三
発行所　株式会社潮出版社
〒102-8110
東京都千代田区一番町6　一番町SQUARE
電　話　03-3230-0781（編集）
03-3230-0741（営業）
振替口座　00150-5-61090
印刷・製本　株式会社暁印刷
デザイン　多田和博

ISBN978-4-267-02393-4 C0193